Bremer Freimarkt

Hermann Gutmann

Bremer Freimarkt

oder:
Renade, sach ma ehrlich,
was finst eintlich
an’n Freimaak so gut?

Edition Temmen

Die Deutsche Bibliothek - CIP-Einheitsaufnahme

Ein Titeldatensatz für diese Publikation ist bei
Der Deutschen Bibliothek erhältlich.

ISBN 3-86108-170-9

Dieser Band erschien erstmals 1985
im Luisental-Verlag, Bremen
2. Auflage 2002

28209 Bremen - Hohenlohestr. 21
Tel. 0421-34843-0 - Fax 0421-348094
info@edition-temmen.de

Herstellung: Edition Temmen

ISBN 3-86108-170-9

Inhalt

Durch die stille Stadt zieht Sturmesbrausen, und es ist, als ob sich alle Drehorgelmänner der Welt auf den Straßen zusammengefunden hätten

Der Bremer Freimarkt ist für alle, die ihn kennen, ein überaus erfreuliches Thema, das selbst sehr seriöse Bremer Herren veranlasst, sich ein schmales Lächeln zu gestatten. Und es soll im Laufe dieses das Thema sozusagen einleitenden Textes auch nicht darauf verzichtet werden, eine der Sache entsprechende Heiterkeit walten zu lassen. Allein, die Möglichkeit, dass der eine oder andere Leser (womit die Leserinnen selbstverständlich auch gemeint sind) den Bremer Freimarkt nur vom Hörensagen kennt oder gar - was freilich kaum glaublich wäre - überhaupt nicht, allein die Möglichkeit gebietet es, die einleitenden Ausführungen über den Bremer Freimarkt mit einer gewissen Ernsthaftigkeit darzustellen.

Denn natürlich ist der Bremer Freimarkt eine ernsthafte Angelegenheit - wie alle fröhlichen Ereignisse. Außerdem ist er sehr alt. Es gibt historisch gebildete Leute, die behaupten auf Grund eingehender Quellenstudien, der Bremer Freimarkt sei eines der ältesten deutschen Volksfeste. Jedenfalls hat Kaiser Konrad II. am 16. Oktober 1035 dem bremischen Erzbischof Bezelin die Jahrmarktgerechtigkeit verliehen. Und damit fing alles an. Es wird davon noch die Rede sein.

Und bis auf den heutigen Tag wird dem Roland am Eröffnungstag ein riesiges Herz umgehängt -

mit einer schönen Inschrift darauf, wie es Freimarktherzen an sich haben. Tausend bunte Luftballons werden mit dem Wind auf die Reise geschickt, und die Bremer sagen - mit freilich noch etwas zurückhaltendem Temperament: »Ischa Freimaak!«

Wie alle ordentlichen Volksfeste findet auch der Bremer Freimarkt auf einem dafür bestimmten Platz statt. Es ist die Bürgerweide hinter dem Hauptbahnhof. Dort stehen die Fahrgeschäfte, die modernsten, schnellsten, verrücktesten. Dort sind die Bierzelte aufgebaut, Weinprobierstuben, Schmalzkuchenbuden, Irrgärten, Geisterbahnen, und dort hält auch die Dame ohne Unterleib wieder Hof, nachdem sie jahrelang im Schatten jener Damen stand, deren Attraktion es eher war, dass sie einen Unterleib hatten.

Rund 300 bis 350 Geschäfte und Buden stehen Jahr für Jahr auf der Bürgerweide. Im Übrigen findet der Freimarkt in ganz Bremen statt. Es gibt einen kleinen Freimarkt auf dem historischen Marktplatz zu Füßen des Rolands mit gemütlichen Karussells, mit Fischbrötchenbuden und mit gebrannten Mandeln, mit Haushaltswaren und Kunstgewerbe. Freimarkt ist in jeder Gaststätte, Freimarkt ist in jeder guten Stube - aber dort natürlich nicht öffentlich. Wer zur Freimarktzeit nach Bremen kommt, der fragt sich, ob das Ganze nicht ein Irrtum und er versehentlich in einer ganz anderen Stadt gelandet sei.

Dieser Zweifel entbehrt nicht einer gewissen Grundlage. Denn natürlich stellt man sich Bremen und die Bremer ganz anders vor: Bremen ist in der

Vorstellung, sagen wir mal, eines Müncheners eine Stadt im grauen Nadelstreifen.

Das Gedudel der Drehorgeln und die bunten Luftballons irritieren den Fremden ein bisschen, ebenso die ganz und gar nicht erwartete Munterkeit der Bremer, von denen es doch überall in Deutschland heißt, sie seien ja ganz nett, aber doch wohl ziemlich stur. Und mit einem Male stimmt das Bild gar nicht mehr. Denn stur? Na, wer das behauptet, der hat noch keinen Bremer im Bierzelt auf dem Tisch tanzen sehen - und ist infolgedessen auch nicht auf dem Freimarkt gewesen.

Aber freimarktbedingte Ausgelassenheit ist nicht etwa eine Erscheinung unserer Zeit, schon Friedrich Engels schrieb seiner Schwester Marie am 29. Oktober 1840, er habe auf dem Freimarkt »Spaß« gehabt. Und ein gewisser Herr Riehl, der vor gut 120 Jahren während der Freimarktzeit in geschäftlichen Angelegenheiten in Bremen weilte, äußerte sich folgendermaßen: »Lübeck ist die ehrwürdigste der heutigen drei freien Hansestädte, Hamburg die großartigste, Bremen die feinste. Nur einmal im Jahr in den Tagen seiner Saturnalien, zur Zeit des Freimarktes, streift Bremen in geflissentlichem Übermute diesen Charakter ab. Da stürzt sich Vornehm und Gering in den Strudel einer ächt holländischen Kirmes. Durch die stille Stadt zieht Sturmesbrausen, und es ist, als ob sich alle Drehorgelmänner der Welt auf den Straßen zusammengefunden hätten.«

Herr Riehl geht dann auch auf den Betrieb im »poesiegefeierten Ratskeller« ein, und das ist heute noch einer der Plätze, an denen der Bremer sich besonders ausgelassen gibt, wenn Freimarkt ist. Dazu muss man wissen, dass der Ratskeller zu Bremen ohnehin der einzige Ort in der ganzen Stadt ist, an dem sich die Bremer an gewöhnlichen Tagen zu wildfremden Leuten an den Tisch setzen. Während der Freimarktzeit tanzen sie sogar mit ihnen - und das ist nun wahrlich der Höhepunkt bremischer Ausgelassenheit.

Der Freimarkt verwandelt eine ganze Stadt und seine Menschen, die sich ohne Widerstand ein Lebkuchenherz umhängen lassen und es dulden, dass sie von ihnen ganz und gar unbekannten Menschen geküsst werden. Ich habe das während eines Freimarktumzuges selbst gesehen.

Für solche außerordentlichen Fälle hat der Bremer aber stets eine Entschuldigung bereit: »Ischa Freimaak!« verkündet er, was in hochdeutscher Übersetzung so viel bedeutet wie »Es ist ja Freimarkt!«. Und damit werden alle Ungereimtheiten erklärt, die sich die Bremer während der Freimarktzeit leisten.

Lehrlinge entschuldigen damit den Fehler in der Portokasse, der Ehemann seine späte Heimkehr, die selbstverständlich nicht von ihm verursacht worden ist, sondern von anderen, die - wie immer - kein Ende finden konnten. Ischa Freimaak!

Bekleckerte Krawatten und harmlose Seitensprünge, haltlose Gefräßigkeit an der Schmalzkuchenbude, ein bisschen waghalsig überzogene Konten und die Fünf in Mathematik, mag sie noch so deutlich im Rahmen des Üblichen liegen, alles ist eine Folge des Freimarkts und wird damit erklärt. »Ischa Freimaak!« - Und jeder sieht das ein.

Denn jeder in Bremen befindet sich selbst irgendwann während der Freimarktzeit in einer Situation, da er ein ungewöhnliches Verhalten, eine Nachlässigkeit, einen Ausrutscher erklären muss. Und wie anders sollte er es erklären als mit einem »Ischa Freimaak!«

Denn darüber sollte es keinen Zweifel geben: Jeder Bremer; der etwas auf sich hält, geht mindestens einmal über den Freimarkt und nimmt auch sonst an freimarktlichen Geschehnissen teil, abgesehen davon, dass es in Bremen ohnehin unmöglich ist, dem Freimarkt aus dem Wege zu gehen. Er ist überall.

Und wie der Freimarkt an sich eine Tradition ist, so haben sich bei den Bremern selbst bestimmte Freimarkttraditionen herausgebildet.

Es ist, zum Beispiel, Tradition, dass die Kinder mindestens einmal mit den Eltern über den Markt gehen und – solange sie noch klein sind – mindestens einmal auch mit den Großeltern.

Natürlich macht es viel mehr Spaß, mit den Großeltern zu gehen als mit den Eltern, weil sich die Eltern immer so pingelig anstellen, auch meinen, dass man dieses und jenes nicht essen sollte, während die Großeltern grundsätzlich alles erlauben. Größere Kinder brauchen Eltern und Großeltern nicht mehr als Begleitpersonen, sie beschränken ihre verwandtschaftlichen Kontakte darauf, dass sie Freimarktgeld kassieren gehen.

Aber der Freimarkt ist ja nicht nur ein Fest der Jugend. Er ist ein Volksfest, und auch ältere Leute gehören, wie man weiß, zum Volke. Es gibt ältere

Leute, die gehen über den Markt, um einmal im Jahr über sämtliche noch erreichbaren Stränge zu schlagen und - alles durcheinander zu essen, was ihnen gerade so in die Quere kommt: Heringsbrötchen und Sahneeis, Schaschlik und Türkischen Honig, Kräuterbonbons und Bratwurst, gebrannte Mandeln, Lakritz und Schmalzkuchen. Und es ist sehr merkwürdig, dass all diese Dinge, die doch - zusammengenommen - normalerweise jeden Magen aus dem Gleichgewicht bringen können, während der Freimarktzeit ein Gefühl allerschönster Harmonie ergeben, die nicht einmal durch drei Liter Bier und entsprechende Mengen Schnaps gestört, sondern allenfalls gefördert werden kann. Derart merkwürdig wirkt der Freimarkt auf die Bremer.

Vom Billigen Jakob, von Urgroßmutter Dralle und dem ungeschickten Biss in die Bockwurst

Einmal während der Freimarktzeit, das war Tradition, gingen wir mit unserer Großmutter über den Markt. Wir wussten, dass sie sehr wenig Geld hatte. Aber auf dem Freimarkt war Sie sehr spendabel. Wir mussten ein Eis essen, Zuckerwatte, Türkischen Honig, und dann durften wir uns auch noch eine Zuckerstange aussuchen. Ich wählte eine schwarze, die mir - im Gegensatz zu den roten Zuckerstangen - einem männlichen Wesen angemessen zu sein schien.

Es gab auch jedes Mal Schmalzkuchen. Sie waren für meine Großmutter das beinahe Wichtigste. Sie vergaß nie, ein Paket Schmalzkuchen mit nach Hause zu nehmen.

Und dann standen wir einen Augenblick beim Billigen Jakob. Er faszinierte meine Großmutter, und sie konnte die Verkaufsstrategie dieses Mannes nie recht begreifen. »Einen Meter Spitze, zwei Meter, drei Meter, zehn Meter- einen ganzen Bulten für 'ne Mark.« Sie schüttelte den Kopf und sagte: »De hett dar wat bi!« Die Sache war ihr nicht geheuer. Sie hat nie bei ihm gekauft, obwohl sie mitunter Mühe hatte, der Verlockung zu widerstehen.

Aber meine Mutter erzählte mir, sie habe eine Frau gekannt, die habe beim Billigen Jakob eingekauft, und – ob Sie's glauben oder nicht – die Spitzen seien handgearbeitet gewesen.

Und dann mussten wir bei Dralle Karussell fahren. Ohne Dralle konnten wir uns den Freimarkt nicht vorstellen.

Zu Dralle gab es eine verwandtschaftliche Verbindung. Mein Großvater Georg Bädeker war durch seine Mutter mit Dralles verwandt. Aber mein Großvater war lange tot. Und meine Großmutter war zu stolz, um verwandtschaftliche Beziehungen geltend zu machen und sie in Freikarten umzumünzen. Sie zahlte für uns. Und für mich war es immer ein eigenartiger Gedanke, dass die hölzernen Rappen und Schimmel, die sich nach schmetternden Weisen im Kreise drehten, wozu eine Figur in der Mitte des Karussells den Takt schlug, etwas mit meiner Urgroßmutter zu tun gehabt hatten.

Noch heute ist für mich das Karussell von Dralle die Erinnerung an den Freimarkt schlechthin. Und natürlich bin ich fest davon überzeugt, dass ich meine Liebe zum Freimarkt von meiner Urgroßmutter geerbt habe.

Höhepunkt allerdings des Freimarktbesuches mit meiner Großmutter war aber das Wurstessen. Es gab, wenn ich mich recht erinnere, Bockwurst. Und ich entwickelte dabei ein merkwürdiges Ungeschick: Immer wenn ich den ersten Biss tat, bespritzte ich mich von oben bis unten.

Meiner Großmutter war das egal, jedenfalls regte sie sich – nach Großelternart – darüber nicht auf. Meine Mutter aber, die sich diesem Freimarktsbummel stets anzuschließen pflegte, ärgerte sich aus begreiflichen Gründen ganz schrecklich darüber. »Junge, pass doch auf!« rief sie. Aber dann war das Malheur schon passiert.

Einmal, ich erinnere mich, hatten sie mir während des ganzen Freimarktbummels die Hölle heiß gemacht. »Sei bloß vorsichtig, wenn du nachher in deine Wurst beißt«, hieß es, und es wurden mir allerlei Ratschläge gegeben, wie ich hineinbeißen müsse, um Unheil zu vermeiden.

Und wirklich schien es diesmal zu klappen. Ich biss in die Wurst, ganz behutsam, und beguckte mich anschließend sofort von oben bis unten. Es war nichts zu sehen.

Meine Mutter und meine Großmutter aber hatten es plötzlich sehr eilig, von der Wurstbude wegzukommen. Erst zu Hause erfuhr ich, dass ich den sommerlich hellen Mantel einer fremden Dame von oben bis unten mit meiner Wurstbrühe eingeferkelt hatte.

Das Jahr, in dem der Kaiser Konrad ausnahmsweise gute Laune hatte, was Bischof Bezelin ausnutzte

Kaiser Konrad II. hatte allen Grund, gut gelaunt zu sein. Es war noch nicht lange her, da er Miseko II. von Polen zum Frieden gezwungen hatte, obwohl eben dieser Miseko mit seinen Kriegsleuten recht erfolgreich bis an die Weiße Elster und an die Aale vorgedrungen war und einen deutschen Gegenangriff abgewehrt hatte.

Auch war es dem Kaiser gelungen, gemeinsam mit Heinrich I. von Frankreich den Grafen Odo von der Champagne auszuschalten und sich zum König von Burgund krönen zu lassen. Außerdem war eine Hochzeit in Sicht. Konrads Sohn Heinrich sollte demnächst die Tochter König Knuts des Großen von Dänemark ehelichen.

Unter diesen Umständen mag es dem Bremer Erzbischof Bezelin nicht schwer gefallen sein, die gute Stimmung zu nutzen, seine vielfältigen Beziehungen am Hofe spielen zu lassen und zu erreichen, dass der Kaiser, ein sonst eher nüchterner Mann, jene bedeutsame Urkunde unterschrieb, in der den Bremern das Recht zugesprochen wurde, jährlich zwei Märkte zu veranstalten, einen im Frühling, um Pfingsten herum, den anderen im Herbst, sieben Tage vor dem Willehads-Fest.

Die Märkte waren also – wie damals üblich – an kirchliche Festtage gebunden, wobei das Pfingstfest, in der lateinischen Liturgie das Fest der Ausgießung des Heiligen Geistes und der Gründung der Kirche, schon sehr früh einen weltlichen Charakter bekam.

Auf der Pfingstwiese wurde Pfingstbier ausgeschenkt, und zu den Pfingstspielen gehörten das Vogelschießen, das Reiten und Stechen nach Kranz oder Ring. Alles in allem also eine fröhliche Angelegenheit. Und dennoch setzte sich in Bremen der Herbstmarkt durch.

Das hing aber nicht mit dem heiligen Willehad zusammen, dem ersten Bischof Bremens, dessen Sterbetag der 8. November 789 ist und dessen Gebeine in der Folgezeit als Reliquien verehrt wurden. Willehad wäre dem Freimarkt auf Dauer kaum ein guter Patenonkel gewesen. Er stand den weltlichen Vergnügungen sehr kritisch gegenüber und versagte sich selbst jede Fleischeslust, indem er, zum Beispiel, Wasser trank und lauter Dinge aß, die jedenfalls nicht schmeckten.

Der Erfolg des Herbstmarktes hatte eher praktische Gründe. Die Ernte war vorüber. Die Landleute hatten Zeit, in die Stadt zu reisen und für den Winter einzukaufen. Schon sehr früh übte der Bremer Freimarkt eine große Anziehungskraft auf die Menschen im Umland aus. Selbst Bauern aus dem Lande Wursten, die den Bremern im Allgemeinen und aus häufig gegebenem Anlass nicht eben wohlgesonnen waren (der Appetit der Bremer Erzbischöfe auf das Land an der Unterweser führte oft zu kriegerischen Auseinandersetzungen), kamen gern. In Bremen gab es während der Freimarktzeit nämlich immer was zu gucken.

Die Verleihung der Jahrmarktgerechtigkeit erfolgte am 16. Oktober 1035. Und dieser Tag mag ein Lichtblick gewesen sein im Leben des Erzbischofs Bezelin. Ob er auch von den Bremern sogleich als ein Lichtblick empfunden wurde, wer vermag das zu sagen?

Die Bremer hatten den Kopf voller Sorgen. Reisende Kaufleute erzählten schauerliche Geschichten über die Normannen, die mit ihren schnellen Schiffen bis weit in die Weser hineinfuhren und Unheil stifteten, wohin sie auch kamen. Es heißt, sie hätten sich bis in die Nähe von Aumund gewagt.

Damals beschloss Bezelin, das Bremer Domgebiet mit einer festen Mauer zu umgeben, hinter der die Bürger im Notfall Schutz suchen konnten.

Dieser Erzbischof war es auch, der nach der Rückkehr von einer Reise durch Friesland vor den rauchgeschwärzten Trümmern des Bremer Domes stand. Ein Verwandter von ihm, ein Geistlicher, hatte sich Hoffnung auf die Stelle des Domprobstes gemacht, sie aber nicht erhalten. Aus Enttäuschung darüber und aus Rachsucht hatte er den Dom in Brand gesteckt. Bezelin ließ einen neuen bauen, wobei er als Vorbild den damaligen Kölner Dom wählte. Er hat das Werk nicht vollendet. Unter seinem Nachfolger wurden die Baupläne geändert. Der Freimarkt aber ist geblieben.

Wir dürfen uns den Freimarkt in den ersten Jahrhunderten seines Bestehens aber nicht so vorstellen, wie er sich uns heute präsentiert mit seiner bunten Budenstadt und den oftmals atemberaubenden Fahrgeschäften.

Freimarkt, das war eine Messe, die dem auswärtigen Händler eine Chance gab, seine Waren in der Stadt an den Mann zu bringen. Während der Freimarktzeit mussten die heimischen Handwerker und Händler ihre Privilegien der freien Marktwirtschaft unterordnen: Später, nachdem sich die Bremer in den Jahren 1405 bis 1410 ein Rathaus gebaut hatten, mussten die heimischen Händler auch in der Unteren Rathaushalle, in der Kaufhalle der Stadt, zusammenrücken zugunsten der Auswärtigen.

Der Freimarkt fand übrigens zunächst im Bereich der Liebfrauenkirche und in der Kirche statt. Später wurde er zum Markt hin erweitert, und vor 200 Jahren drängten so viel fahrende Händler in die Stadt, dass der Platz nicht mehr ausreichte. Damals kamen Bremer, die in Marktnähe wohnten, auf die Idee, die im Erdgeschoss ihrer Häuser liegenden Räume an Markthändler zu vermieten. Bereits Ende des 19. Jahrhunderts - seit dem Jahre 1890 - fand ein Teil des Freimarktes auf dem Grünenkamp statt, so dass auch die Neustadt ihren Freimarkt hatte. Nach dem Ersten Weltkrieg wurde der Markt ganz in die Neustadt verlegt. Seit 1934 hat er seinen Platz auf der Bürgerweide.

Kehren wir aber noch einmal zurück zu den Anfängen des Freimarktes. Die fremden Kramer, die von weit her nach Bremen kamen und einen Hauch von der weiten Welt in die engen Gassen trugen, waren gern gesehene Gäste. Sie brachten Neuheiten mit, modischen Zierrat, Tuche und allerlei Gebrauchsgegenstände für das tägliche Leben. Und mit ihnen zogen Gaukler und Possenreißer durch die Tore, Wahrsager und Spielleute. Die Kaufleute umgaben sich gern mit diesem fahrenden Volk. Ihre Darbietungen lockten die Menschen herbei. Wer wollte sich schon die Gaukeleien und Possen entgehen lassen, da es doch sonst nicht viel Abwechslung gab in der Stadt. Und nebenbei wurde das hochverehrte Publikum zum Kaufen animiert.

Mit dem Jahrmarktprivileg von 1035 war es freilich nicht getan. In der Folgezeit wurde es von jedem Kaiser erneuert, was natürlich nicht umsonst geschah. Die Kaiser waren immer knapp bei Kasse und konnten jedes Goldstück gut gebrauchen.

Franz II. war der letzte Kaiser, der den Bremern die Erlaubnis erteilte, ihren Freimarkt zu begehen. Das war am 27. Mai 1793. Am 6. August 1806 legte Franz die Kaiserwürde nieder. Das Heilige Römische Reich Deutscher Nation hatte aufgehört zu bestehen. Die Bremer durften fortan selbst entscheiden, ob sie Freimarkt feiern wollten oder nicht.

Es ist nicht bekannt, dass sie freiwillig und ohne Not auch nur ein einziges Mal auf den Markt verzichtet hätten.

Das Datum der Eröffnung freilich und die Dauer des Marktes haben sich im Laufe der Jahrhunderte mehrmals geändert. Vom heiligen Willehad entfernte er sich schon ziemlich früh im Zuge der Reibereien zwischen Bürgerschaft und Kirche, bei denen die Kirche den Kürzeren zog. Damit verlor der Freimarkt seinen Charakter als kirchliches Fest, als Kirchenmesse, Kirmes. Eine Zeit lang, im 14. Jahrhundert, wurde Freimarkt im September gehalten.

Es setzte sich aber immer mehr die zweite Oktoberhälfte durch. Und dabei ist es geblieben.

Es hat allerdings auch Jahre in der Geschichte der Kaufmannstadt Bremen gegeben, da die Bremer vergeblich auf den bunten Markttrubel warteten. Kriege und Pestilenzen führten dazu, dass die Stadtväter die Tore geschlossen hielten und niemand in die Stadt ließen, der nicht hinein gehörte.

In jenen Jahren, da der Schwarze Tod, die Pest, durch Deutschland zog und überall in den Städten grausige Hochzeit hielt, war an fröhliches Marktgeschehen nicht zu denken. Allein in Bremen starben im Jahre 1350 rund 7000 Menschen an der Pest. Das war mehr als ein Drittel der Bevölkerung.

Im 19. Jahrhundert gab es mehrmals Kummer mit der Cholera, und wenn auch der Freimarkt nicht ganz verboten wurde, man schränkte ihn erheblich ein. Im Jahre 1892 aber; als Hamburg von einer schweren Cholera-Epidemie heimgesucht wurde, fiel der Freimarkt in Bremen aus.

Im 20. Jahrhundert ist er zweimal Opfer eines Krieges geworden. Im Ersten Weltkrieg wurde er gleich im Jahre 1914 abgesetzt – für das eine Mal meinte man, auf den Freimarkt verzichten zu können, denn Weihnachten wollten sowieso alle wieder zu Hause sein. Aber der Krieg dauerte dann doch etwas länger.

Als im Jahre 1939 der Zweite Weltkrieg eben begonnen hatte, ließ man den Freimarkt noch einmal, zu – freilich nur als Buden-Stadt auf dem Domshof. Auf dem Liebfrauenkirchhof drehte sich das einzige Karussell, für die Kinder. Und sobald es dämmrig wurde, war Schluss. Wegen der Verdunkelung. Bei Anbruch der Dunkelheit durfte während des Zweiten Weltkrieges kein offenes Licht gemacht, die Fenster mussten lichtundurchlässig verhängt werden. Straßenlaternen brannten nicht. Die wenigen Autos fuhren mit abgedunkelten Scheinwerfern.

Im Jahre 1940 gab es keinen Freimarkt mehr. Er kam erst im Jahre 1945 wieder - kümmerlich genug, verglichen mit seinen Vorgängern, vor dem Kriege, doch herzlich begrüßt von den Bremern als Symbol des Friedens.

Die Entwicklung des Freimarktes von einer Handelsmesse zum Volksfest vollzog sich nicht, wie man meinen könnte, in Etappen. Die Verwandlung kam ziemlich rasch zu Beginn des 19. Jahrhunderts.

Wohl hatte es, wie wir bereits gesehen haben, an »Paradiesvögeln« nie gefehlt, die dem Geschehen eine bunte und heitere Variante gaben. Traumdeuter und Wahrsager waren gewiss von Anfang an dabei, denn mit dem Blick in die Zukunft ließen sich zu allen Zeiten gute Geschäfte machen.

Im 16. Jahrhundert wurden die ersten Seiltänzer bestaunt. Tanzbären zeigten im Jahre 1670 ihre Künste, und schon vorher war ein »Elephant für Geld« zu sehen gewesen, der allerlei Künste »mit seinem Rüssel oder Schnabel« thun konnte.

Die beliebten Puppenspieler sind seit dem Jahre 1701 bezeugt, die Marionettenspieler seit 1769. Und es ist erwiesen, dass auch der berüchtigte Doktor Johannes Andreas Eisenbart in Bremen unmittelbar vor dem Dom die »Leut' auf seine Art kurierte«. Er war übrigens besser als sein Ruf, den er der Tatsache verdankte, dass er gar zu marktschreierisch mit seiner Kunst hausieren ging. Er vertrieb Mittel gegen Kopf- und Nierenschmerzen und operierte den Schiffer Gustmann in der Schmiede von Johann Harde am Star, woraufhin Gustmann, der fünf Jahre blind gewesen war, wieder sehen konnte. Am 11. November 1727 ist der Doktor Eisenbart in Hann. Münden gestorben. Sein Grabstein ist dort noch heute zu sehen.

Eine sensationelle Neuheit gab es im Jahre 1809. Der Freimarkt hatte sich - dem Zuge der Zeit folgend - zu einem rechten Volksfest entwickelt. Und zum ersten Male erschien ein Schausteller mit einem Karussell in der Stadt. Das war nun etwas für die mutige Jugend, die sich damit einem Vergnügen hingeben konnte, das bis dahin - wenn auch in etwas anderer Form - den feinen Herrschaften an den Höfen vorbehalten gewesen war.

Denn das Karussell war ein unter König Heinrich IV. und Ludwig XIII. zu Beginn des 17. Jahrhunderts aus Italien nach Frankreich eingeführtes Ritterspiel, das noch zu Beginn des 18. Jahrhunderts an den europäischen Höfen ausgeübt wurde. Es war an die Stelle der Turniere des Mittelalters getreten.

Die Teilnehmer an diesem Spiel kleideten sich meistens nach Art der alten Ritter und begaben sich - in mehrere Parteien geteilt - hoch zu Roß und prächtig anzusehen auf einen festlich geschmückten Platz, wo Reiterkünste vorgeführt wurden.

Es waren teilweise recht merkwürdige Spiele, die in einem alten Brockhaus aus dem 19. Jahrhundert so geschildert werden: »Die vorzüglichsten derselben waren: 1) Das Kopfrennen, in Deutschland sehr gebräuchlich, bei welchem man Türken- und Mohrenköpfe mit Lanze, Wurfspeer, Degen oder mit dem Pistol zu treffen suchte. 2) Das Ringrennen, bei dem die Ritter unter Beobachtung gewisser Reitfiguren und in den verschiedenen Gangarten mit der Lanze nach einem Ring stachen. 3) Das Quintanrennen, bei dem nach einem hölzernen Manne mit einer Lanze gestochen wurde.«

Die Italiener hatten auch ein so genanntes Komisches Karussell erfunden, wobei nach vier Figuren geworfen wurde. Sie stellten die vier Elemente dar. Und »zum Amusement« der Damen fanden Schlitten- und Phaetonrennen statt (Phaeton war der Sohn des griechischen Sonnengottes). Ein solches Karussell wurde ein Damenfest genannt.

So war es ganz logisch, dass auch »gewisse mechanische Vorrichtungen«, bei denen »hölzerne Pferde, Bänke und kleine Wagen mittels Stangen so an einer vertikalen Säule befestigt sind, daß sie sich horizontal um die Säule im Kreise drehen«, Karussell genannt wurden. Bei Brockhaus heißt es weiter dazu: »Diese Reit- und Fahrvorrichtungen, manchmal mit elektrischer Beleuchtung versehen und durch Dampf bewegt, geschehen zur Belustigung auf Messen, Jahrmärkten usw. An einigen Karussells sind auch Apparate zum Ringstechen angebracht. Diese sogenannten Russischen Karussells oder Russische Schaukeln bewegen sich um eine horizontale Achse vertikal. In neuerer Zeit gibt es auch sogenannte Schiffskarussells, bei denen die Stelle der Pferde und

Wagen von Schiffen mit Masten eingenommen wird, die durch einen Mechanismus während der Fahrt sich wie die Boote auf der See schaukeln.«

Das Schiffskarussell war erstmals im Jahre 1881 in Bremen zu bestaunen. Das Ringstechen hat es noch bei Dralle gegeben. Wer dabei geschickt genug war, konnte sich Freifahrten »verdienen«.

Heute könnte man damit keinen Menschen mehr auf den Freimarkt locken. Denn inzwischen sind selbst Überschlagschaukel, Düsenspirale und Wilde Maus die Attraktionen von vorgestern.

Verdächtige Personen

Die Polizei in Hannover meldete ihren Kollegen in Bremen im Jahre 1899 die »mögliche Teilnahme von in Hannover lebenden Verbrechern am Bremer Freimarkt«. Es handelte sich um 51 Taschendiebe, 25 Bauernfänger, 23 Zuhälter, 7 Dirnen.

Leider hatte man die betreffenden Personen in Hannover alle nicht mehr angetroffen. Sie waren schon unterwegs nach Bremen.

»Ach, mein süßes Schätzchen« oder: »Der Freimarkt als eine moralische Anstalt«

Warum sich die jungen Herren immer an der Bude von Hannchen Trautmann aus Hamburg herumdrückten, das war ja klar. Hannchen Trautmann hatte ihre Tochter mitgebracht. Sie trug einen seidenen Fez und sah wie 'ne lütje Türkin aus, was auch der Sinn der Verkleidung war: denn Hannchen Trautmann handelte in ihrer türkischen Parfümeriebude mit Ambra.

Ambra war für drei Grote zu haben. Aber die lütje Türkin war sehr zurückhaltend und zeigte allenfalls ein unverbindliches Lächeln.

Genau wie die hübschen Ostfriesinnen in den Waffelbuden.

Sieh, ein Ostfriesisches Mädchen
Drehet sich rasch wie am Drähtchen,
Reichet uns Waffeln und Wein,
Lustig, Ostfriesin, nun schenke mal ein.

Und die Ostfriesische Maid
Ist schnell zum Dienste bereit,
Bringet den dampfenden Kuchen und Punsch
Und schnell gestillt ist der Wunsch.

Aber die Maid zeigt sich spröde dem Blick,
Weist den verwegenen Freier zurück,

Denn – noch leuchtet der Lampen Licht,
Bis das erlöscht – erhört sie dich nicht.

Eine moralische Anstalt ist der Freimarkt ganz sicherlich nie gewesen, wenn wir auch wohl davon ausgehen dürfen, dass er stets mehr die Phantasie angeregt und beflügelt, nicht aber unmittelbar zu greifbaren Ergebnissen geführt hat.

Die »Poussier-Karussells« von Kämena, Forquignon und Dralle (trotz heftigen Zugwindes harmlose Poussage) waren in den achtziger Jahren des 19. Jahrhunderts das Äußerste an Freizügigkeit, und im Jahre 1895 wehrte sich Carsten Haberjan (»Reiten kann ein jedermann im Hippodrom von Haberjan«) gegen einige seinem Unternehmen auferlegte Beschränkungen mit folgenden Zeilen an die Obrigkeit:

»Die jungen Contoristen werden dadurch vielmehr veranlaßt, umso viel länger in den Kneipen namentlich den sogenannten Tingeltangeln zu verweilen, wo ihre Sittenreinheit und Gesundheit ernsteren Gefahren ausgesetzt sind, als bei dem fröhlichen und gesunden Sport des Reitens, dem sie bei mir obliegen.

Aber auch die Marktbesucher passten auf, dass Sitte und Moral bei diesem Volksfest nicht missachtet wurden. Im Jahre 1909 beschwerten sich einige Freimarktbesucher aus Lilienthal über Frau Fey, die mit einem Kinematographen auf dem Markte war. Die Polizei ging der Sache nach, und Frau Fey musste folgende Filme aus dem Verkehr ziehen: »Ach, mein süßes Schätzchen«, »In der Garderobe«, »Auf der

Schaukel«, »Das neue Dienstmädchen«, »Fatale Verwechslung« und »Lebender Marmor«. Ja, es kam sogar zu einem Verfahren gegen Pauline Fey, das aber auf Kosten der Staatskasse eingestellt wurde. Die Strafkammer zeigte sich außerstande, der Anklage zu folgen, es handele sich bei dem Film »Im Damenbarbiersalon« um ein grob unzüchtiges Werk. Es sei, sagte der Richter, für seinen Geschmack allenfalls derbkomisch.

Ärger mit der Staatsanwaltschaft handelte sich auch die Wirtin Juliane Halbroth aus der Mittelstraße ein. Sie zeigte ihren Gästen während der Freimarktzeit unzüchtige Bilder mit verheißungsvollen Titeln wie »Das geheime Bad der Hofdame«, »Ein wunderbarer Blick in verschiedene Kabinen«, »Im Morgenbade«, »Die Morgentoilette«, »Der Sklavenmarkt«. Alle Bilder wurden beschlagnahmt.

Dafür aber, dass die auf optische Abenteuer hoffenden Freimarktbesucher nicht vollends enttäuscht wurden, sorgten jene mit »lebenden Photographien« umherziehenden Schaubudenbesitzer, die sich vaterländisch und militärisch gaben und ihr Programm mit herzbewegenden Filmen wie »Aufziehen der Schlosswache«, »Der Tod des Admirals Nelson« und »Französische Infanterie« füllten, um es beiläufig mit »Baden bei Mondschein«, »Pariserin im Bade« und »Traum eines Junggesellen« zu würzen.

Nicht immer freilich war das Publikum zufrieden. In einem polizeilichen Gutachten aus dem Jahre 1912 heißt es:

»In der Bude von Franz Sander wurden durch eine weibliche jüngere Person im weißen Trikot mit gepudertem Haar und Gesicht sogenannte plastische Darstellungen mit von Ansichtskarten entnommenen Motiven dargestellt. Diese Darstellungen durch das Mädchen, welches eher alles andere als eine ideale Frauengestalt besitzt, wirken obszön und haben nach Erfahrungen des Vorjahres überhaupt keinen Wert. Das Publikum ist meist enttäuscht und ärgerlich über eine solche Beutelschneiderei.«

Gefährliche Flugmaschinen

Im Jahre 1904 gab es auf dem Freimarkt für Kinder gefährliche Flugmaschinen zu kaufen. Es handelte sich um aus dünnem Blech hergestellte Schrauben mit zwei Flügeln, die in die Luft getrieben werden konnten. Die Dinger waren schon vor Jahren wegen ihrer Gefährlichkeit verboten worden. Es war aber bisher nicht möglich gewesen, sie ganz aus dem Verkehr zu ziehen.

Aus Polizeiberichten

1893: Ein Marktbezieher hielt sich mit zwei freilaufenden Affen in der Lützower Straße auf. Einer der Affen ist auf eine Glasveranda gesprungen und hat eine Scheibe im Werte von 2 Mark zertrümmert.

1905: Im Café Roland benahmen sich drei junge Leute ungebührlich.

1905: Auf dem Domshof wurde ein Klempner von zwei jungen Leuten auf den Kopf geschlagen, so dass sein Hut beschädigt wurde.

1905: Ein Viehhändler wollte im Café Central eine vierteilige Drehtür mit Gewalt öffnen und bekam deswegen Ärger mit den Kellnern.

1905: In der Schützenwallstraße lief nachts ein Unbekannter mit einem Stuhl umher, der in eine nahe Wirtschaft gehörte.

1905: Einer vor einem Hippodrom aufgestellten Figur wurde nachts der blecherne Zylinderhut abgenommen und einige Nächte später wieder aufgesetzt.

1927: Die Autobahn von Vespermann war im Tunnel unbeleuchtet. Dabei wurden Mädchen unsittlich berührt.

Warum der Wachtmeister Werckmeister manchmal beide Augen zudrückt

»Behiet Dir Jott! Du bist so scheen jewesen!« sang in tiefster Andacht ein Leierkastenmann auf der Kaiserbrücke, ein Berliner, ganz ohne Frage, der einen erheblichen Mangel an Reinheit in seiner Stimme mit einem starken Fortissimo auszugleichen bemüht war und infolgedessen die allgemeine Aufmerksamkeit auf sich zog. Im Nu brach der Verkehr auf der Kaiserbrücke zusammen, und es kam zu einer Auseinandersetzung mit der Polizei.

Es gab, blättert man in den Polizeiakten aus den neunziger Jahren des 19. Jahrhunderts und aus den ersten Jahrzehnten des 20. Jahrhunderts, immer wieder Krach zwischen den Orgeldrehern, die sich während ihres Gastspiels in Bremen meistens im Schnoorviertel einquartiert hatten, und der Staatsgewalt, und der Wachtmeister Werckmeister, der die Orgeldreher-Zunft über die Jahrzehnte hinweg begleitete, musste häufig genug beide Augen zudrücken, um seine Arbeit in Grenzen zu halten.

Gelegentlich wurde der fast permanente Kriegszustand zwischen den Musikern und dem Hüter der Ordnung von außen geschürt. »Die Musik der Dudelsäcke ist eine derartige«, schrieb ein Bürgerverein, »daß dieselbe jeder gern vermissen wird.« Und Friedrich Dapke, Leierkastenmann aus Stettin, schwärzte seine Kollegen an, die ihre Instrumente widerrechtlich auf einem Kinder- oder Handwagen beförderten, mit der einfachen Orgel zur Orgelprobe kamen und ihre musikalische Darbietung hinterher durch »Dreischlag und Glockenspiel« verstärkten. »Auch dürfte die Führung von Handwagen«, so schrieb Dapke, »auf den Bürgersteigen nicht statthaft sein.«

Die Orgelprobe hatte in Bremen Tradition. Vor Beginn des Freimarktes mussten sich die Leierkastenmänner, die sich um eine Spielerlaubnis beworben hatten, beim Stadt- und Polizeiamt einfinden und Kostproben ihrer künstlerischen Fähigkeiten abgeben.

Lange Jahre wirkte der in Bremen hoch angesehene Musikdirektor Schäfer als Prüfer, und der Wachtmeister Werckmeister war selbstverständlich auch dabei. Ihm freilich oblag es weniger, die Musikalität der Bewerber zu testen. Er hatte in anderer Hinsicht die Spreu vom Weizen zu trennen.

Es existierte nämlich eine Schwarze Liste, auf Namen jener Orgeldreher standen, die in vorhergehenden Jahren unangenehm aufgefallen waren. Domenico Genari war einer von ihnen. Werckmeister, der sich die Gesichter natürlich alle merken konnte, nahm sich die Schwarze Liste vor und verlas daraus die Namen der unwillkommenen Künstler. Aber es meldete sich niemand. Auch Domenico Genari fühlte sich nicht angesprochen. Er hieß seit neuestem Domenico Geudi. Und der stand nicht auf der Schwarzen Liste.

Giovanni Guarnieri, geboren am 16. August 1837 in Bettolo, musste fünf Mark Geldstrafe zahlen, weil er auf der Kaiserbrücke auf einer kleinen Orgel gespielt hatte, ohne im Besitz eines Erlaubnisscheines zu sein, der im Jahre 1910 immerhin 40 Mark für die Freimarktzeit kostete. Und immer wieder gab es Ärger mit den »kleinen Gesellschaften«, die wir heute Bands nennen würden. Sie wanderten mit Harfe, Laute, Geige und Handharmonika von Gaststätte zu Gaststätte, um »anderer Leute Ohren zu quälen«, wobei freilich auch den Künstlern nicht immer ungetrübtes Glück zuteil wurde. Gelegentlich wurden sie Opfer von Freimarktspekulanten, die für sie beim Publikum Geld einsammelten, ohne zu ihnen zu gehören.

Den größten Ärger aber empfand alljährlich zur Freimarktzeit Herr Riekmann darüber, dass Straßenmusikanten als Musiker bezeichnet wurden: Die Sache kränkte ihn so sehr, dass er schließlich eine »Bitte an die Polizeidirektion« in die Bremer Nachrichten setzen ließ, in der er schrieb, dass dieses »jeder wirkliche, seines Standes bewußte Musiker als Beleidigung« empfinde.

Wie Heinz Stöver seinem Vadder ein Geldstück aus der Nase zaubern wollte – und die Geschichte vom Moppen-Onkel

Wenn Heinz Stöver erzählt, der in den zwanziger und dreißiger Jahren in der Steffensstadt aufgewachsen ist, dann kann er sich den Freimarkt gar nicht anders vorstellen als auf dem Grünenkamp - mit der Teufelsrutschbahn und dem Moritatensänger und dem Guckkasten. Wenn man da reinguckte, dann sah man Schiffsuntergänge und ähnliche Katastrophen, von denen man noch nächtelang träumen konnte. Und am schönsten war es für ihn bei den Zauberern.

Einmal hat er versucht, einen Trick nachzumachen. Der Kerl ließ immerzu Geldstücke verschwinden, die er dann aus der Nase eines Bauern, der im Publikum stand, wieder herauszog. Heinz Stöver wollte das zu Hause seinem Vadder vorführen, und der gab ihm gutmütig ein Geldstück. Und nachher konnten die beiden das Geld nicht wiederfinden. Und da hat Heinz Stöver eine gelangt gekriegt.

»Gegen den Grünenkamp«, sagt Heinz Stöver, »ist die Bürgerweide heutzutage man nur ’n Abklatsch«. Aber einer, den alle Bremer kennen und lieben, Georg Droste, der war damals, als Heinz Stöver seinem Vadder das Geld aus der Nase zaubern wollte, schon ein alter Herr, und der sagte in seinem Buch »Ut mien Muskantentied«:

»Dat use Bremer Freemark sienen Zauber un sienen Reiz verlaren hett, sied de Tied, datt he ut de Midde von'r Stadt, von Marktplatz un Domshof, verswunnen is, daröber sund wie Bremers von'r olen Kante us eens. Nu spält sick dat jo in'r Neestadt af un de ganze Kram is een Geflimmer un Geflammer, een Susen un Brusen un Gerammel von elektrisch Maschinenwarks. - Jung-Dütschland, wat dar so rinwaßt, mag jo sienen Nervenprikel an den Kram hebben, aber wi Olen denkt doch wehleidig an de gode ole Tied, an dat behaglige, sinnige Freemark trugge.«

Georg Droste hat noch den Moppen-Onkel erlebt, den er als »son richtige, total verungluckte Scheetbudenfigur« bezeichnete. Der Moppen-Onkel war ursprünglich ein Selterwasser-Onkel. Der stand mit seinem Selterwasser-Wagen in den siebziger Jahren des 19. Jahrhunderts am Herdentor. Der Wagen, der wie 'ne Kommode aussah, war grün, blau und gelb angepinselt. Und man konnte Selterwasser aus der Weser mit und ohne kriegen. »Mit«, das war 'n Schuss Saft. Der Moppen-Onkel, der damals noch nicht an Moppen dachte, war übrigens das einzige männliche Wesen in der Runde der Selterwasser-Händler. Alles andere waren junge Damen, die in Bremen allgemein »kohlensaure Jungfrauen« genannt wurden.

Die Sache ging so lange gut, und das Geschäft florierte wohl auch, bis das Medizinalamt die kupfernen Syphons prüfte und dabei feststellte, dass sie im Innern eine Schicht Grünspan angesetzt hatten. Die Selterbuden mussten schließen, und auch die fahrbare Kommode am Herdentor stellte von einem Tag zum anderen ihren Betrieb ein. Der tüchtige Unternehmer aber stand auf dem nächsten Freimarkt in einer Kuchenbude, wo er vor Grünspan einigermaßen sicher war, und auch mit dem Gesundheitsamt hat er - soweit bekannt - nie wieder Scherereien gehabt.

Er war ein fröhlicher Typ, der immerzu lachte, übers ganze Gesicht und »mit de Nasenlöker extra«, wie Droste sich erinnert. »Denn de weern so groot, datt he woll son Middelsorte Kartoffeln as Snuftobbak bruken konn.« Er verkaufte nur eine Sorte Kuchen: Moppen, jene runden, hart ausgebackenen braunen Nüsse, die sich vor allem unter den Zahnärzten großer Beliebtheit erfreuten; denn sie trugen in der zweiten Oktoberhälfte erheblich zur Belebung des Geschäftes der »Kusenbreekers« bei.

Den Namen Moppen-Onkel hatte er bald weg, der tüchtige Mann, der ein Dichter war und sich mit folgenden Versen einzuführen pflegte:

Hurrah hurrah! Hurrah hurrah!
Der Moppen-Onkel der ist da!
Oh, wie nun die Kleinen hoppen,
Wenn sie sehn die süßen Moppen!
Kaufen sich geschwind ein Pfund,
Denn sie sind ja so gesund!
Bei der Bude vor dem Dom
Staut sich nun der ganze Strom.

Erst wolln wir mal Moppen kaufen
Und dann auf dem Markt rumlaufen.

Schön ist's, wenn man aus den Taschen
Kann die süßen Moppen naschen.

Gelegentlich hat er wohl seinen Standort auf dem Markt gewechselt; denn in einer anderen Annonce kündigt er dem Bremer Publikum an:

Am Lieben Frauen Kirchhof ist mein Stand,
Mit den bekannten süßen Moppen,
Wo alt und jung vergnügt nach hoppen;
Die dritte Bude von der Obernstraße aus
Schaut der fidele Moppen-Onkel raus.

Er war ein Schnell-Dichter, der für jeden Kunden einen Vers bereit hatte:

Mein Herr, Sie sind wohl Lehrer?
Ich glaube, Sie sind auch Moppenverzehrer!
Gleich werden Sie das Gewünschte kriegen!
Ich will bloß mal eben wiegen.

Oder an die jungen Damen gewandt:

Meine Damen, Sie haben wohl Liebesschmerz?
Och, die Moppen sind gut für's Herz!
Ein Pfund bekommt der liebe Schatz!
O wie süß schmeckt dann son Schmatz.

Weitere Verse, die in die Literatur eingegangen sind:

Dor kummt von buten ok Jan Meier,
Wat kost denn nu bi jo de Eier?

Ach, mein Herr vom Kontor,
Kommen Sie ruhig ein bißchen vor!
Kleines Frollein, der neue Hut
Steht Ihnen wirklich gut!

Aha, ein Herr von der Infanterie!
Also, ein Pfund Moppen möchten Sie;
Die Moppen machen frisch und stark.
Und der Soldat kriegt Kraft und Mark.

Auch für die Herren von der Post,
sind die Moppen eine gesunde Kost.
Und den Männern von der Steuer,
sind sie ganz gewiß nicht zu teuer.

Und wenn ihm gar nichts mehr einfiel, rief er:

Leute
für heute,
schweigt meine Muse!
Ich mach keine Verse mehr!

Und auf einen Herrn zeigend:

Mach du se!

Der Moppen-Onkel ist lange tot. Aber seine Verse sind in Bremen unsterblich geworden. Und Moppen werden immer noch gern gegessen – jedenfalls zur Freimarktzeit.

Man nehme:

1 Pfund feines Mehl,
1 Pfund Honig,
14 g Pottasche,
16 gestoßene Nelken,
50 g Zimt …

Moppen

Wir wissen natürlich heute nicht mehr, nach welchem Rezept der Moppen-Onkel seine Moppen gebacken hat.

Doch eben zu jener Zeit, da die Bremer ihren Spaß am Moppen-Onkel hatten und mit Vergnügen seine Moppen aßen, veröffentlichte Henriette Davidis in ihrem »Praktischen Kochbuch« ein Moppen-Rezept:

1 Pfund Mehl,
1 Pfund Honig,
1 Pfund Zucker,
4 ganze Eier,
2 g Nelken,
7 g gereinigte, in etwas Mehl aufgelöste Pottasche.

Die Masse wird stark verarbeitet, in walnussgroße Kugeln gerollt, ½ Mandel oder ein Stückchen Orangenschale darauf gedrückt und gebacken.

Dorothee von Hellermann und Marita Kloos veröffentlichten in ihrem »Kochbuch aus Bremen« folgendes Moppensrezept:

25 g Butter oder Margarine,
125 g dickflüssiger Sirup,
3 Essl. Milch oder Wasser,
4 Tropfen Backaroma Zitrone,
250 g Mehl,
4 gestr. Teel. Backpulver.

Für die Verzierung:
1 Essl. Wasser,
3 Tropfen Zitronen-Aroma,
1 schwach geh. Essl. Zucker.

Das zerlassene Fett, den Sirup, die Flüssigkeit, das Gewürz und 2/3 des mit Backpulver vermischten und gesiebten Mehls nach und nach miteinander verrühren, 1 Stunde gehen lassen. Rest des Mehles darunterkneten und den Teig abermals eine Stunde gehen lassen. Daumendicke Teigrollen machen, gleichmäßige Stücke davon abschneiden, diese zu Kugeln rollen und etwas glatt drücken.

Die Oberseite der Kugeln in Zitronenwasser tauchen, in Zucker drücken und die Kugeln auf gefettetes Backblech legen. Backzeit: etwa 10 Min. bei starker Hitze.

Gebrannte Mandeln

Wenn unsere Urgroßmütter ein bisschen Freimarktstimmung in die eigene Stube zaubern wollten, dann stellten sie »Gebrannte Mandeln« her. Dazu braucht man:

1 Pfund mit einem Tuche abgeriebene,
ungeschälte Mandeln,
1 Pfund Zucker,
nach Belieben 4 g Zimt.

Den Zucker tunkt man in Wasser und kocht ihn in einer kleinen messingenen Kasserolle bis zur folgender Probe: Man hält eine Gabel hinein, nimmt sie heraus und bläst dagegen; wenn der Zucker in Blasen davonfliegt, so ist er gut. Es werden dann die Mandeln hineingeschüttet, die man beständig mit einem eisernen Spaten rührt, bis sie den Zucker aufgenommen haben. Dann setzt man den Topf vom Feuer und rührt die Mandeln fortwährend, bis sie trocken geworden sind, worauf man den Topf wieder ans Feuer setzt und die Mandeln rührt, bis sie glänzen. Nun schüttet man sie auf eine flache Schüssel, mischt noch heiß den Zimt durch und pflückt sie voneinander.

Gute braune Braunschweiger Pfeffernüsse

Braunschweig sendet uns Kuchen,
doch neben den Kuchen auch Mädchen.
Schalkhaft lächelt das Kind,
näherst der Bude du dich.
Kauft von der lieblichen Maid,
sie lohnet mit freundlichem Danke,
Reichst du das klingende Geld,
tauscht sie's für – Blicke schnell ein.

Kammans Honigkuchen-Fabrik stand vor dem Ersten Weltkrieg beim Wilhadi-Brunnen, vis-à-vis vom Hauptbörseneingang. Ein Pfund Honigkuchen kostete 60 und 80 Pfennig, je nach Qualität, und geradezu unübertrefflich war der Sanitäts-Honigkuchen, »von mehreren Ärzten empfohlen«.

Aber der ff Gesundheitshonigkuchen ohne Gewürz war auch die Spezialität von Georg Freytag, Inhaber Georg Kettler Wwe., Herzoglich Braunschweig-Lüneburgischer Hof-Honigkuchen-Bäcker aus Braunschweig.

Wir möchten die Beliebtheit dieser beiden Spezialitäten zum Anlass nehmen, das Rezept für »Gute braune Braunschweiger Pfeffernüsse« zu veröffentlichen.

1 Pfund feines Mehl,
1 Pfund Honig,
24 g Pottasche,
16 g gestoßene Nelken,
50 g gestoßener Zimt und das ferner nötige Mehl.

Den Honig bringt man auf dem Feuer zum Kochen, rührt in einer tiefen Schale das Mehl damit an, spült den Topf, worin der Honig gekocht ist, noch mit ¼ l Wasser nach, gibt dieses dem Teige und rührt oder knetet noch so viel Mehl hinein, dass sich der Teig nur schwer verarbeiten lässt. Dann lässt man ihn einige Wochen oder etwas kürzere Zeit zugebunden an einem nicht zu kalten Orte stehen.

Wenn dann die Pfeffernüsse gebacken werden sollen, legt man den Teig auf ein mit Mehl bestäubtes Backbrett, fügt das Gewürz und die am Abend vorher mit etwas Wasser bedeckte Pottasche hinein, knetet den Teig, rollt ihn aus, schlägt ihn wieder zusammen, um ihn abermals auszurollen, bis er wieder weich und elastisch geworden ist. Dann rollt man kleine Teile zu fingerdicken Walzen, schneidet 1 cm dicke Stückchen davon und setzt diese dicht nebeneinander auf ein bestrichenes Kuchenblech.

Sobald der Teig verbraucht ist, fährt man mit der Kuchenrolle leicht über den Teig, damit er eben wird, und bäckt ihn in einem mäßig heißen Ofen gar, aber nicht hart und auch nicht zu dunkel.

Nach dem Ausziehen aus dem Ofen lässt man die Platte mit dem Honigkuchen einige Stunden stehen, schiebt sie noch einmal in den Backofen, damit sich das Backwerk wie Zwieback härtet, aber nicht dunkler wird. Die Pfeffernüsse gewinnen dadurch noch an Geschmack, würden sie aber gleich zuerst im Ofen hart gebacken, so könnten sie zu braun und dadurch bitter werden. Um die Pfeffernüsse noch zu verfeinern, bestreut man den Boden der Kuchenplatte mit in Scheiben geschnittenen Mandeln vor dem Aufsetzen der Nüsschen. Trocken aufbewahrt halten sich die Pfeffernüsse lange.

Elektro-John wurde verboten

Elektro-John trat auf dem Markt 1922 auf. Es handelte sich um einen Mann, der unter elektrische Hochspannung gesetzt wurde und der im Übrigen wohl Epileptiker war.

Herr Köhlmoos von der Hamburg-Bremer Afrika-Linie, der mit seiner Frau eine Vorstellung dieser Attraktion besucht hatte, schrieb daraufhin einen Brief an die Bremer Medizinalbehörde, in dem er auf die seines Erachtens durch Elektro-John »schwer gefährdete Volksgesundheit der Einwohner Bremens« hinwies. Er schilderte die »grauenerregende Vorstellung« und teilte mit, dass sie einen »derartigen Einfluß auf das Nervensystem eines Menschen« nehme, dass »ein Verbot nötig« sei.

Frau Köhlmoos hatte in der dem Freimarktbummel folgenden Nacht Krämpfe bekommen.

Die Bude wurde polizeilich geschlossen.

Freimarkt 1913: Mit all seinem flüchtigen, flittrigen Zauber ist der Freimarkt nun wieder da

Wenige Tage vor Beginn des Freimarktes 1913 stand Bremen - wie das ganze Reich - im Zeichen einer alle bewegenden Feier: Zur Erinnerung an die Völkerschlacht bei Leipzig im Jahre 1813 hallte das Land am 18. und 19. Oktober wider von patriotischen Klängen.

Fackelzug und kirchliche Gedenkfeiern, eine öffentliche Feier auf dem Domshof und eine Illumination der Stadt waren die Höhepunkte in Bremen. Die Literarische Abteilung des Norddeutschen Lloyd berichtete darüber in ihren Lloyd-Nachrichten Nr. 10: »Die Illumination am Abend des 19. Oktober gestaltete sich zu einer so glanzvollen und allgemeinen, wie sie in Bremen wohl noch nicht stattgefunden hat. Unter den öffentlichen Gebäuden und den Geschäftshäusern der Banken und der großen Firmen ragte namentlich das Lloyd-Gebäude durch besonderen Glanz hervor. Nicht weniger als ca. 8000 elektrische Birnen von verschiedener Kerzenstärke ließen die Konturen des Gebäudes, der Fenster in den verschiedenen Etagen und namentlich des 75 m hohen Turmes an der Ecke der Papen- und Pelzerstraße in prachtvollem Glanz erscheinen. Der Turm allein war von ca. 2000 Kerzen erleuchtet, die ohne Gerüst mit Hilfe eines Bootsmannsstuhles angebracht waren.«

Am 24. Oktober 1913 meldeten die Bremer Nachrichten: »Mit all seinem flüchtigen Zauber ist der Freimarkt nun wieder da.«

Die Bremer gingen mit gemischten Gefühlen auf diesen Freimarkt zu. Es sollte - so war es beschlossen worden - der letzte Freimarkt in der Innenstadt sein. Und wenn auch die Bremer Nachrichten versicherten, noch sei das letzte Worte nicht gesprochen, dass der Freimarkt die Innenstadt verlassen werde, so schien dieses doch ein schwacher Trost zu sein.

Es hatte aber auch den Anschein, dass die Bremer den Abschiedsschmerz mit übertriebener Ausgelassenheit verdrängen wollten. Das Wetter war gut und entsprach so gar nicht der Tradition. Überall in der Stadt dröhnte Musik, und die jungen Männer in ihrem Übermut ärgerten die jungen Mädchen mit Staubwedeln, indem sie ihnen damit übers Gesicht strichen. Die Polizei schritt ein und teilte mit: »Es ist verboten, die sogenannten Schlagfächer aus Papier, Ratscher oder Pfauenfedern zu verkaufen und damit Menschen zu schlagen oder zu berühren.«

Im Alt-Bremer-Haus, dem Essighaus, fanden während der Freimarktzeit täglich Konzerte statt. Im Verein Vorwärts wurden Kaffee und Schokolade für Besucher bereitgehalten. Der Star Milda Breiten gastierte im Astoria, wo der Humorist Kohlbrand außerdem »die Lachmuskeln in Bewegung« hielt. Im Cafe Flora war Freimarktsball.

Auf der Großen Weserbrücke musste »von 3 Uhr nachmittags ab rechts gegangen« werden. Josef Goldfisch boxte in der Tonhalle gegen Geo Walker. Beides waren Afrikaner. Und der Ringkämpfer Herr

August Meyer aus Berlin, die »Deutsche Eiche«, stand im Kampf gegen Joe Jetfries aus England, beides, so hieß es in der Ankündigung, seien »niedliche Zwerge«. Der Ringkampf fand in der Heinzelmann-Schau auf dem Grünenkamp statt - zum ersten Male in Bremen, kleine Menschen, 21 bis 35 Jahre alt.

Prince Puck, 9 kg, 65 cm groß, weilte auch in der Stadt, Prince Puck, der »lebende Tautropfen«, reiste mit Lionel, dem Löwenmenschen, der »sich mit philosophischer Ruhe in sein Schicksal zu finden weiß und täglich Liebesbriefe bekommt und schwärmerische Gedichte von jungen Mädchen«.

Lionel gehörte zu jenen Haarmenschen, die - an Überbehaarung leidend, vor allem auch im Gesicht - mit einiger Phantasie dem Löwen glichen. Lionel hieß in Wirklichkeit Stefan Bibrowski. Er war im Jahr 1890 in Wilezagora, das damals zu Russland gehörte, geboren und im Alter von drei Jahren von dem Schau-Unternehmer Sedlmayer nach Deutschland gebracht worden. In Berlin wurde er von Virchow besichtigt, unweit von Aachen in eine Schule geschickt, doch schließlich kommerziell von Sedlmayer ausgewertet. Der reiste mit ihm durch Amerika, wo er eine der Zugnummern im Zirkus Barnum & Bailey war. Noch vor dem Ersten Weltkrieg kehrte Lionel der Löwenmensch nach Deutschland zurück, reiste über die Märkte und kam so auch nach Bremen. Es heißt, er sei im Jahre 1930 in Italien an einem Herzschlag gestorben.

Freimuths berühmte Kunst-Glas-Bläserei stand gegenüber der Baumwollbörse, und die Glasbläser schufen unter den Augen des staunenden Publikums Tiergruppen und Blumen und seidenartige Fäden, 10 000 Meter in der Minute. Freimuth und seine Leute standen noch unter dem Eindruck eines besonderen Ereignisses, das ihnen am 7. August widerfahren war: Sie wurden »ausgezeichnet durch hohen Besuch Sr. Mj. des Königs von Sachsen«.

Der Balkankrieg bewegte in jener Zeit die Menschen in Europa, und der Circus Schumann, der auf dem Grünenkamp gastierte, machte sich das zunutze: Er brachte Szenen aus dem türkisch-bulgarischen Kriege. Die Berliner Spezialbude für Dauerwäsche auf dem Rolandsmarkt, Mittelreihe, bot »Kragen, Serviteurs und Manschetten« an: Hugo Haase war mit seiner Figur-8-Bahn da, und Miss Gibbs, die Automatengruppe, »ist die einzige junge Dame, welche imstande ist, ohne Hypnose einen Automaten zu imitieren«.

In der englischen Armee war ein Monokelverbot für Offiziere eingeführt worden. Es war den Herren nicht einmal auf ein ärztliches Zeugnis hin gestattet, sich ein Glas ins Auge zu klemmen. Lord Kitchener hatte sich durchgesetzt. Vor dem Gewerbegericht klagten zwei Reckturner gegen ihren Rausschmiss aus dem Tivoli. Sie hatten sich als erstklassige Turner angeboten und waren gegen eine Gage von 250 Mark eingestellt worden. Daraufhin stellte es sich heraus, dass sie – jedenfalls am Reck – ausgesprochene Stümper waren. Das Gewerbegericht ließ sich ihre Darbietungen vorführen und kam zu dem Schluss, dass sie zu Recht entlassen worden seien.

Mitten in der Freimarktzeit, am 29. Oktober, erschien bei Schünemann Georg Drostes »Ottjen

Alldag un sien Kaperstreiche«, ein »plattdütsch Kinnerleben an'r Waterkant«, 2,25 Mark broschiert, gebunden 3 Mark. Die Zeitungen klagten über die »Schauersänger, Wahrsager und Kitschhausierer«, die das Publikum mit »Papierfächern, Gipsfiguren und Talmikram belästigten«. Und eine große Diskussion gab es in Bremen um einen »Hottentotten«.

Der Mann, ein Afrikaner im knallrotem Dreß, auf dem Kopf einen Turban, stand auf einer umgestülpten Eierkiste und verteilte - für 20 Pfennig - leere Zettel, auf die das verehrte Publikum seinen Namen schreiben musste. Daraufhin bat er um Ruhe und hielt eine Rede folgenden Inhalts:

»Liebe Deutsche, Ihr habt nur einen Gott. Die Neger haben neun Götter. Euer Gott ist ein großer Gott. Meine Götter sind klein und groß. Der größte ist so groß wie das Haus und ganz voll Holz: Er kann die Zukunft voraussagen.«

Daraufhin forderte der Mann, ein »gerissener Neger aus dem dunkelsten Afrika«, wie ein Kritiker schrieb, »dessen Stamm vielleicht auf gleicher Kulturstufe mit den Wasserpolacken stehen mag«, die Leute auf, ihre Zettel in einen Köcher zu geben. Mit geheimnisvoller Beschwörungsformel wandte sich der Afrikaner dem Köcher zu: »Bombasti Fundamentatji, kalibru, hundsfottilio, secondoribus colori!« Dann wurden die Zettel aus dem Köcher genommen und verteilt, und siehe da, es standen auf fast allen Zetteln dieselben Weisheiten: »Es ist besser, wenige Dinge gut zu vollbringen, als viele anzufangen, ohne dieselben zu Ende zu führen. Zu Ihren Unternehmen wählen Sie am besten die Mitte des Jahres. Ihr Glückstag ist Donnerstag. Glücksnummern sind 8, 14 und 22.«

Über diese Darbietung regte sich ein Bremer so schrecklich auf, dass er in den Bremer Nachrichten die Frage stellte: »Und diesen Unfug müssen wir Germanen uns unbedingt von Hottentotten gefallen lassen?«

Der Leserbrief löste eine Leserbrieflawine aus. Ein Leser teilte mit, dass der Wahrsager gar kein Hottentotte sein könne. Er kenne Hottentotten, und die seien kleiner und im Übrigen hässlich. In einem anderen Leserbrief wurde eine technische Erklärung des Vorganges gegeben, aus der hervorging, dass die »Hottentottengeister mit der Schreibmaschine« die Wahrsagerei ausüben könnten. Ein anderer wies darauf hin, dass auch die Wahrsagerei einen Platz auf dem Freimarkt haben dürfte. Niemand aber war da, der über den Germanen und seinen Rassendünkel gestolpert war.

Dr. Schlinck pries seine Paloma an, die Pflanzen-Butter-Margarine: »Wie das Futter, so die Butter. Manchem Bauer wird sie sauer! Ist sie fett und ist sie süß, ist sie teuer ganz gewiss. Nimmt man sie von hundert Orten, hat man sicher hundert Sorten. Doch im ganzen, weiten Reich ist Paloma immer gleich.«

Auf der Werft des Bremer Vulkan wurde ein Frachter auf den Namen »Mark« getauft. Fräulein Biedermann aus Oldenburg vollzog die Taufe mit folgenden Worten:

> Heil Dir, mein Schiff, Du sollst den Namen
> tragen

Vom Herzen Deutschlands, unsrer lieben
Mark!
Von dort kam Deutschlands Einigkeit und
Größe
Und märk'sche Helden machten Deutschland
stark.

So kann der Handel seine Banden schlingen
In fernste Länder, über alle Meere,
Und hanseat'scher Geist sich kühn entfalten
Zu Bremens Wohlfahrt und des Reiches Ehre.

Du stolzes Schiff, erbaut mit deutschem Fleiße,
Sei aller Welt ein Beispiel deutscher Art,
Und trotze mutig jedem Sturm und Wetter
Und schnell und glücklich stets sei Deine Fahrt!

Die 6.579 BRT große »Mark« vom Norddeutschen Lloyd wurde 1917 in Manila beschlagnahmt und wechselte danach mehrmals Besitzer und Namen.

Der Verkaufsstand für Volksbücher auf dem Domshof war während des Freimarktes nicht auf seine Kosten gekommen. In den Vereinigten Theater-Lichtspielen gab es - mit Suzanne Grandais in der Hauptrolle - die dramatische Erzählung »Weine nicht, Mutter!« Die Bremer förderten eine Volksabstimmung, um ein Verbleiben des Freimarktes in der Innenstadt zu erreichen.

In den letzten Stunden des Freimarktes 1913 herrschte nach Ansicht des Chronisten der Bremer Nachrichten eine merkwürdige Stimmung in der Stadt. Eine unübersehbare Menschenmenge drängte sich vorbei an den Budenreihen im Zentrum. Es herrschte aber kein lärmender Abschiedstaumel, eher machte sich Wehmut bereit. Die Menschen blieben ruhiger, »als man es in den Vorjahren gewohnt gewesen war«.

Mit dem Glockenschlag 10 war alles vorbei. Die Lichter erloschen. Die ersten Buden wurden bereits abgebaut. Die Menschen zerstreuten sich.

Es sollte für lange Zeit der letzte Freimarkt gewesen sein, denn wenige Wochen vor Freimarkt 1914 gingen in Europa die Lichter aus. Und als der Freimarkt 1919 eröffnet wurde - wie schon für 1914 vorgesehen, in der Neustadt, da hatten die Bremer andere Sorgen und niemand dachte daran, wegen des Freimarktes in der Innenstadt auf die Barrikaden zu gehen.

Richtig schöne Freimarktfeier

»Wie war's denn auf'n Freimaak?«

»Och, wie immer. Erst ha'm wir'n Eis gegessen. Und dann Waffeln und Schmalzkuchen.«

»Und denn?«

»Natürlich 'ne Bratwurst und 'n Fischbrötchen. Das gehört doch dazu.«

»Und denn?«

»Und denn noch mal für 'n Groschen Eis. Und danach sind wir ins Kettenkarussell gegangen und solange in die Runde gefahren, bis alles wieder rausgekommen is.«

»Na, das freut mich aber, das ihr euch so gut amüsiert habt.«

Von Freimarktliebe, Raupen und Lebkuchenherzen, und dass man immer die Wahrheit sagen soll

»Oh«, sagt Heinz Stöver, »wir hatten ja damals die Schülermützen. Und die setzten wir schief auf, und dann los nach'm Freimarkt.«

Das war, als Heinz Stöver anfing, den Mädchen Blicke zuzuwerfen. Und das konnte man am besten bei der Raupe.

Wer ganz frech war; und vieles spricht dafür, dass Heinz Stöver zu denen gehörte, der setzte sich mit einem Mädchen in die Raupe, mit Hilde oder mit Hella, so hießen sie ja damals, und wenn dann die Raupe während der atemberaubenden Fahrt immer in die Runde ihr Raupenkleid übergezogen bekam, dann war es ganz dunkel, und Heinz Stöver sagt: »Das war ja'ne gute Gelegenheit, 'n bisschen zu üben - fürs Leben und so.«

Die Raupe gab's zu meiner Zeit auch noch. Aber da war sie schon'n bisschen aus der Mode, und wenn ich mich so zurückerinnere, dann fällt mir eigentlich immer nur ein, wie ich so hinter meiner Freimarktliebe hergestiefelt bin, stundenlang.

Die war meistens mit 'ner Freundin unterwegs, und das war ja nicht wie heute, da sich die jungen Leute gleich anmachen, und dann fangen sie auch schon an zu knutschen. Damals hatte man erst mal damit zu tun, die Mädchen nicht aus den Augen zu verlieren.

Und bei mir war das ganz komisch: Wenn ich mir endlich ein Herz gefasst und das Mädchen angesprochen hatte, stellte es sich heraus, dass sie überhaupt nicht mein Typ war.

Aber ich hatte dann erst mal stundenlang und manchmal auch tagelang meine Aufregung gehabt. Und am Ende war alles ’ne Seifenblase. Eigentlich typisch Freimarkt.

Heinz Stöver sagt, ihm sei das etwas ähnlich ergangen. Wenn er mit so einer Hilde oder Hella aus der Raupe herausgekommen sei, denn habe er sich immer ganz tüchtig erschrocken.

Mein letztes diesbezügliches Freimarkterlebnis, das hatte ich, da war ich jung verheiratet. Und damit sie nun nicht glauben, ich sei stundenlang hinter einer fremden Frau hergelaufen.

Das nicht. Aber eines Tages saß ich im Büro, und der Bürobote brachte mir ein Päckchen. Und da war’n Lebkuchenherz drin mit ’ner provozierenden Aufschrift: »Frecher Teifi!«

Sie glauben gar nicht, wie ich mich verjagt habe. Denn wenn ich mir auch überhaupt nicht vorstellen konnte, wem ich diesen Freimarktsgruß zu verdanken hatte, so war mir doch klar, dass er mir jedenfalls nicht von einem Mann ins Büro geschickt worden war.

Und zu dieser quälenden Ungewissheit kam ja auch noch das Problem, wie ich mich nun meiner Frau gegenüber verhalten sollte. Sollte ich so leichthin sagen, dass mir jemand ein Herz geschenkt hatte? Oder sollte ich rumdrucksen und dann mit einem Geständnis herausrücken? Unwahrscheinlich, dass sie mir die Sache als harmlos abgenommen hätte.

Ich sah eine tiefschwarze Wolke an meinem Ehehimmel aufziehen, und ich muss wohl sehr bedrückt ausgesehen haben; denn meine Frau fragte abends gleich, ob ich Ärger im Büro gehabt hätte.

»Nee«, sagte ich, »das nun gerade nicht. Aber stell dir vor, was mir passiert ist. Jemand hat mir ein Lebkuchenherz geschickt, und ich weiß nicht wer. Und ich bin sicher, dass es eine Verwechslung ist.«

»Ja«, sagte meine Frau. »Das ist natürlich ein großes Problem. Aber ich glaube, eine Verwechslung liegt da nicht vor; denn das Lebkuchenherz ist von mir.«

Ich hab' mir hinterher noch sehr oft ausgemalt, was passiert wäre, wenn ich meiner Frau das Lebkuchenherz verheimlicht hätte, was ja auch nicht ganz abwegig gewesen wäre.

Das hätte sich am Ende zu einer traurigen Geschichte entwickeln können, und ich muss dann immer an den Moritatensänger denken, der seine zu Herzen gehenden Darbietungen mit folgendem Gesang einzuleiten pflegte:

Höret Leute, die Geschichte,
Die erst kürzlich ist geschehen.
Die ich treulich euch berichte,
Lasst uns dran ein Beispiel seh'n
Lasst uns redlich hier nur handeln,
Treu erfüllen unsere Pflicht.
Stets der Tugend Pfad nur wandeln,
Tugend gibt uns reines Licht.

Seemann im Fliegenden Teppich

Er war'n richtiger Seemann mit Tätowierungen auf den Armen, und er sagte gleich an der Kasse: »Glauben Sie bloß nich, dass ich mit dem Ding fahre, weil ich mir da'n Nervenkitzel von verspreche. Wenn Se mal'n Orkan im Pazifik mitgemacht haben, is so'n Fliegender Teppich doch bloß'n Jux.« Nein, er gehe wegen seiner kleinen Nichte mit. Die dürfe er doch nicht allein in den Fliegenden Teppich lassen.

Und hinterher sagte die kleine Nichte zu der Frau an der Kasse: »Wir müssen jetzt nach Hause. Mein Onkel is gar nicht gut zuwege.«

Reiten kann ein jedermann im Hippodrom von Haberjan

Auf seine alten Tage hatte es Carsten Haberjan immer mal »im Krüz«, wie er zu sagen pflegte, und dann konnte er auch wohl ein bisschen grantig werden.

Aber wenn er ins Erzählen kam, war der Kummer mit dem Rücken bald vergessen. Und gerade diese Herbstwochen des Jahres 1938 waren so recht dazu geeignet, Geschichten zu erzählen, Geschichten von früher.

Erst kürzlich hatten die Haberjans ihre goldene Hochzeit gefeiert, und das Jahr 1938 war auch in geschäftlicher Hinsicht ein Jubiläumsjahr: Im Jahre 1888 war Carsten Haberjan zum ersten Male mit seinem Hippodrom auf dem Bremer Freimarkt erschienen. 50 Jahre waren seitdem vergangen.

Und dieses Jubiläum sollte nicht spurlos an dem populären Mann vorübergehen, der am 1. November obendrein Geburtstag hatte. 84 Jahre wurde er alt. Ganz Bremen gratulierte, und der damalige Bürgermeister Böhmcker schickte dem Jubilar zehn Flaschen Wein aus dem Ratskeller, was in Bremen seit eh und je als eine besonders hohe Auszeichnung gilt.

Carsten Haberjan war - streng genommen - kein Bremer. Sein Geburtsort war St. Magnus, wo er am 1. November 1854 geboren wurde. Doch seine Eltern stammten aus Bremen und kehrten dorthin auch bald zurück. Sie betrieben eine Gastwirtschaft »Zum

Vegesacker Hause«, der ein Fuhrgeschäft angeschlossen war. So kam es für den jungen Carsten zu seinen ersten Begegnungen mit Pferden. Er wuchs mit ihnen auf, und schon mit zwölf Jahren vollbrachte er auf dem Rücken der Tiere beachtliche Kunststücke, die im Jahre 1867 den Bremer Courier bewogen, darüber Lobendes zu äußern. Carsten Haberjan trat auf Abendveranstaltungen seines Vaters auf. Sein Weg, so schien es, war vorgezeichnet.

Folgerichtig lernte er den Beruf des Hufschmieds, und während seiner Militärzeit diente er beim 18. Ulanenregiment, das in Sachsen stationiert war. Er kam zur Reitschule nach Dresden, brachte es - was er immer gern erzählte - bis zum Unteroffizier, hatte aber auch das Pech, sich zweimal den Arm zu brechen. Damit konnte er nun freilich an eine Rückkehr an den Amboss nicht denken. Er blieb aber nach dem Ende seiner Militärzeit den Pferden treu und wurde Pferdehändler.

Im Sommer des Jahres 1888 erschien der damals 34-jährige Carsten Haberjan zum ersten Mal beim Bremer Schützenfest, das damals noch sehr groß gefeiert wurde, mit einer behelfsmäßigen Bude und eröffnete einen Hippodrombetrieb. Der Erfolg war so beeindruckend, dass er sich sofort eine transportable Reitbahn bauen ließ und damit auf dem Freimarkt des Jahres 1888 sein Debüt gab. Seitdem ist er vom Bremer Freimarkt nicht mehr wegzudenken.

Haberjans wohnten in der Neustadt, besaßen dort ein Grundstück mit Reitbahn an der Hohentors Heerstraße 82, und wenn irgendwo ein bedeutender Markt in Nordwestdeutschland gefeiert wurde, dann waren Haberjans nicht zu Hause. Sie waren weithin beliebt und selbst Hermann Löns empfahl einen Besuch bei Haberjan zur »Erheiterung des Gemüts«.

Carsten Haberjan war ein Mann, dem das Leben nichts geschenkt hatte, der aber auch selbst nichts verschenkte und der sich so schnell nicht aufs Kreuz legen ließ. Einmal jedoch haben sie ihn doch angeschmiert, und diese Geschichte hat er immer wieder gern erzählt:

Einige Leutnants des Königlichen Militär-Reitinstituts in Hannover besuchten Haberjans Hippodrom in Zivilkleidern, um dort als Sonntagsreiter aufzutreten. Dabei markierte einer der gewandtesten Sportreiter der ganzen Armee ein paar Ungeschicklichkeiten so echt, dass Haberjan unwirsch wurde und dem jungen Herrn die Leviten las mit den Worten: »Wat bleib'n Se nich vom Pferde runter, wenn Se nich reiten können!«

Freimarkt 1938: … denn dort gibt's mit Humor und Spaß – immer ein reichlich Maß …

Der Lloyddampfer »Dessau« war am Abend zuvor in Lyttelton eingelaufen, einem kleinen neuseeländischen Hafen, und alle an Bord bewegte die bange Frage: Was ist in Europa los?

Ein paar Offiziere trafen sich in der Kajüte des 1. Steuermanns. Der hatte Radio. Und sie lauschten der Stimme des Nachrichtensprechers der Empire Station von Daventry: Die Welt konnte aufatmen. Der Frieden war gerettet.

In Bremen wurden die Freimarktbuden aufgebaut. Der Roland allerdings, der würde diesmal nicht dabei sein. Der Riese am Rathaus zu Bremen wurde gründlich restauriert: Er war teilweise abgetragen worden. Bis zu seinen spitzen Knien war er in diesen Tagen des Jahres 1938 aber schon wieder aufgemauert.

Die Zeitungen meldeten: »Erneute Triumphfahrt Adolf Hitlers durch das Sudetenland.« Überall im Reich jubelten die Menschen: »Unser Dank ist ohne Ende.« Und über die Straßen im Sudetenland, durch die »der Führer« kommen musste, waren Spruchbänder gespannt: »Grüß Gott im deutschen Böhmerwald«.

Die damaligen Weltmächte Großbritannien und Frankreich waren zurückgezuckt vor Hitler auf jener Konferenz zu München Ende September des Jahres 1938, auf der der Italiener Mussolini als Vermittler aufgetreten war. Die Tschechoslowakei wurde aufgefordert, die sudetendeutschen Gebiete zu räumen. Der staatliche Bestand der Rest-Tschechoslowakei wurde von den Großmächten garantiert. Joseph Goebbels, der Propagandaminister des Reiches, erklärte in Hamburg im Pathos jener Zeit: »Ein neues Zeitalter ist angebrochen! Großdeutschland ist eine Weltmacht!«

Onkel Fidi ließ eine Annonce in die Bremer Nachrichten setzen: »Onkel Fidi ist wieder da!« Weiterer Informationen bedurfte es nicht. Jeder in Bremen kannte Onkel Fidi, den Wurstverkäufer.

Am 21. Oktober wurde der Freimarkt eröffnet. Der Bremer Rundfunk brachte ein Hörbild von Marie Lindemann: »Ischa Freimaak«. Es wurde um 22.30 Uhr gesendet. Marie Lindemann hat viele, viele Jahre später noch so manches Freimarktspiel geschrieben.

Wilhelm Medeke bot wie eh und je seine ff Viktoria an, seine Berliner und Obstkuchen; Vorlops Wiener Mandeln, Zickfelds Braunschweiger Honigkuchen, Eis von Manke, Thomé »bratet ganze Ochsen am Spieß - neben Haberjan«, und Osakka Flegel war auch wieder im Lande mit seinen »Lebkuchen aller Art«.

Die Japaner trieben in China die Chinesen vor sich her, und der japanische Ministerpräsident Konoe gab die Ziele seines Landes bekannt: Führung in einem großasiatischen Wirtschaftsraum. Perlon und Nylon wurden erfunden. In Bremen wurde die Frage diskutiert, ob der Bau von Fahrradwegen überhaupt noch nötig sei, da »doch in einigen Jahren

Millionen von Volksgenossen einen Volkswagen haben werden«.

Derweil plagte sich die Bremer Polizei mit undisziplinierten Radfahrern, die nicht einsehen wollten, dass man nicht einfach fahren kann, wie man will. Fünf Mark Strafe, wenn die Klingel fehlt.

Die Hexenschaukel am Parkbahnhof war der »Treff« der Bremer Jugend. Aber nicht nur sie. Neu war die Zugspitzbahn, der »große Karussell-Schlager«: Haase hatte eine Sensation mitgebracht: den indischen Seiltrick. Schippers-Vanderville stand mit »der letzten Neuheit« auf dem Markt, mit der Original-Auto-Rennbahn (ohne Führerschein zu fahren), die mit überhöhten Kurven ausgestattet war. Dann gab's noch die »Große Achterbahn mit tiefen Tälern« und die Avusbahn mit neuesten Fahrzeugen.

Bei Siebold war der »gewaltigste Mensch aller Zeiten, Olaf der nordische Riese«. Und im Alten Gymnasium zu Bremen saß der »längste Schüler Europas« auf der Schulbank: Klaus M., 201 ½ Zentimeter groß. Er traf sich auf dem Freimarkt mit Werner, 65 Zentimeter groß, 22 Jahre alt, dem »kleinsten Mann der Welt«. Elisabeth Endres, »der Welt beste Drahtseilkünstlerin«, gastierte im Astoria und gestand in einem Zeitungsinterview, der glücklichste Augenblick ihres Lebens sei ein Besuch bei Adolf Hitler auf dem Obersalzberg gewesen.

In der Schlachthofstraße standen sie aufgereiht wie in jedem Jahre: Schürzen von Breddin in Berlin, Apoldaer Strickwaren, Leder-Handschuhe, Chemnitzer Strumpfwaren, Leipziger Pelzmoden, Walter Schleicher aus Apolda mit Damen- und Kinder-Pullovern, moderner Schmuck aus Idar-Oberstein, Mundharmonikas von Ruthe aus Magdeburg.

Hilde Krahl und Albert Matterstock waren in »Europa« in dem neuen Film »Im Paradies« zu sehen. Im »Barberina« gab es »La Habanera« mit Zarah Leander, im »Alhambra« wurde »Ihr Leibhusar« mit Magda Schneider, Lucie Englisch und Paul Kemp gespielt, im »Kaiser« lachten sich die Leute kaputt über Heinz Rühmann und Hans Moser in dem Film »13 Stühle«. Die neueste Ufa-Tonwoche zeigte den »tschechischen Außenminister in Berlin und die erste große Sammelaktion für das Winterhilfswerk 1938«. Die Hitlerjugend bekam eine neue Winteruniform, Skihose, Jacke und Skimütze, alles in Schwarz. Im Thalia-Theater gab es den großen Freimarktschlager »Heini Holtenbeen«.

Im Astoria hatte sich Emil Fritz auf die Zeit eingestellt und ein sudetendeutsches Orchester engagiert, das für Stimmung sorgte. Außerdem traten auf: die drei Cairolis, die Sioux Dakotas, das Malmström-Ballett. Im Arizona-Keller sangen und spielten der lustige Benno und Otti Othmar. In den Centralhallen gab es »Lachen ohne Ende mit Bobby Streib«. Der Maschinenmensch »Robot« erstaunte die Bremer »auf rein wissenschaftlicher Grundlage«. In Sieler's Festsälen gab's Freimarkt-Schrumm mit dem Gesangverein »Gutenberg« unter der Leitung von Heinz Kosten. Im Ratskeller spielten zwei Kapellen.

Spitzen-Jakob stand wieder an der Findorff-Straße, wie man es gewohnt war, »denn dort gibt's mit Humor und Spaß – immer ein reichlich Maß«. Im Schauspielhaus fand die Uraufführung des Lustspiels

»Die Sache mit Gustchen« von Edgar Kahn statt - in Anwesenheit des Autors, der am übernächsten Morgen in den Bremer Nachrichten Prügel bezog. Er hatte sich über die Bauern lustig gemacht - und das wohl ein bisschen ungeschickt.

»Freimarkt zu Hause: Dazu gehört vor allem fröhliche Musik, ganz nach eigenem Geschmack. Man schließt also einen elektrischen Plattenspieler an das Radio an.« Fischer in der Katharinestraße hatte sie schon ab 59 Mark.

In der Varieté-Schau Indische Gauklerspiele trat Suleika auf, die »einzige zahme Löwin der ganzen Erde«. Sie spielte lustig und harmlos mit ihrer Betreuerin Hilde, ein reizender Anblick - nach Ansicht des Rezensenten. Circus Carl Hagenbeck gastierte mit einem großen Programm: »Bären dreier Erdteile in der Manege, Bremen bestaunt den Weltrekord eines unserer Elefanten«. Die lachende Weltkugel war zum ersten Male in Bremen. Für die deutschen Mädchen von 17 bis 21 Jahren wurde der Bund »Glaube und Schönheit« gegründet.

Am Sonnabend war Hochbetrieb auf dem Freimarkt. Es war der Tag der Bremer. Am Sonntag kamen Besucher aus ganz Nordwestdeutschland, und ihretwegen wurden die städtischen Brunnen wieder in Betrieb gesetzt, die wegen der Wintermonate schon abgestellt gewesen waren. Luftballons kosteten 30 und 50 Pfennig das Stück. Im Restaurationszelt von Jonny Bunger spielte die Kyffhäuser-Kapelle. Johann Keunecke war - wie üblich - an dem Lloydampfer Bremen zu erkennen, mit dem er die Front seiner Bude schmückte. Bei Niemeyer gab's

Butterwaffeln, in der Hamburger Bude von J. G. Kemm die Braunen Nüsse. Außenminister Rippentrop weilte bei Mussolini in Rom.

KdF im Zeichen des Freimarktes. Die Organisation »Kraft durch Freude« organisierte Vorstellungen im Casino und bei Hagenbeck. Eine Berliner Zeitung kritisierte das schiefe Sprachgefühl mancher Volksgenossen und nannte als Beispiel die »Bremer Stadtmusikanten«. Es müsse natürlich, so belehrten die Berliner Sprachstrategen das deutsche Volk, »Bremener Stadtmusikanten« heißen. Der »Bremener« Freimarkt kümmerte sich nicht um das Geschwätz. Im Hafen wurde der größte Weintransport seit Jahren gelöscht. Der Argo-Dampfer »Falke« brachte 1627 Fass Bordeaux und Burgunder mit neun Fass Cognac. Es waren noch richtige Holzfässer, die je zwei auf einmal vom Kran von Bord gehievt wurden.

Lambertz' allbeliebte Berg- und Talbahn war da, wem nach langem Gehen die Füße schmerzten, dem wurde Esozon empfohlen. Artisten und Schausteller trafen sich, um den Fachschaftsleiter Geiger zu hören, der einen Vortrag hielt über das Thema »Der deutsche Artist im neuen Reich«: Geiger sagte, der deutsche Artist müsse sich stets leiten lassen von einem Streben nach Können, Kultur und Geschmack. Hinterher schrie einer in den Saal: »Wir grüßen unsern Führer Adolf Hitler mit einem dreifachen Sieg - Heil! - Sieg - Heil! - Sieg - Heil!« Bartkiels stand mit seiner Raketenfahrt zum Mond auf dem Markt. An der Findorffstraße gab es die Weltsensation: den »nahtlosen rostfreien Hosenträger«.

»Es war«, schrieben die Bremer Nachrichten am Ende des Freimarktes, »der größte Freimarkt der Nachkriegszeit«. Niemand ahnte, dass es der größte Freimarkt der Vorkriegszeit werden sollte.

Freimarkt 1948:
… gönnte sich ein Fischbrötchen, für das er nur Brotmarken zu opfern brauchte …

Fischwurstdüfte zogen durch die Budengassen, und wenn auch die Schausteller versichert hatten, der Freimarkt werde wieder friedensmäßig aufgezogen, ja, du liebe Zeit, so einfach war es eben doch nicht. Das Geld war knapp, Freimarkt 1948; denn soeben hatte die Währungsreform alle deutschen Menschen gleich gemacht, jedenfalls wurde das denen eingeredet, die nun wirklich nichts mehr hatten.

Aber wenn die Leute auch weniger Geld in den Taschen bei sich trugen, so hatten sie doch wenigstens mehr Zuckermarken, so dass Jonny Schulze mit seinem neuen »Riesenstand aus Mahagoni« recht zufrieden sein konnte, wie überhaupt alle anderen auch, die mit Kulinarischem handelten.

Wann hatte es das zuletzt gegeben, dass man von Stand zu Stand gehen und herrliche Düfte einatmen konnte? 60 Zucker- und Backwarengeschäfte gab es auf dem Freimarkt 1948; 20 Wurst- und Imbiss-Stuben. Wer noch ein paar Fleischmarken für den Monat Oktober übrig behalten hatte, der konnte jetzt hinlangen. Oder er gönnte sich ein Fischbrötchen, für das er nur Brotmarken zu opfern brauchte.

Wer sich aber einen besonders schönen Abend machen wollte, der besuchte die Weinstube Lukullus im Hotel zur Post in der Hohenlohestraße, wo der Gastwirt Fritz Rößler dichtete: »Im Restaurant, das dürfen Sie nicht vergessen, da gibt es das gute und preiswerte Essen.«

Die Jugend saß derweil in der Teufelskutsche und im Taifunrad, in der Türkischen Spinne und in Siebolds Szeneriebahn. Und natürlich in der Raketensteilwand.

Dralle war auch wieder da. Aber der alte Hinrich Dralle war wenige Wochen zuvor im Alter von 80 Jahren gestorben. Mit ihm war ein Stück Freimarktgeschichte dahingegangen, und Bremer erinnerten sich: Weißt noch, Dralles Karussell, das war unser Treffpunkt. Dralle stand am Teichmannsbrunnen. Die Fahrt kostete 5 Pfennig, und die Musik dröhnte: »Puppchen du bist mein Augenstern ...«.

Der Weser-Kurier schrieb nach dem Tode Dralles bedauernd: »Nu is all wedder'n Stück Traditschon hin, würde Mike Teersticken sagen ...«

Es war das Jahr, als sich in Bonn der Parlamentarische Rat konstituierte, um unter dem Vorsitz von Konrad Adenauer eine Verfassung auszuarbeiten. Es war das Jahr, als Berlin geteilt wurde, als in Palästina das britische Mandat erlosch und der souveräne Staat Israel proklamiert wurde, Mahatma Gandhi einem Attentat zum Opfer fiel und die Niederländer die Freiheitsbestrebungen der Indonesier mit Polizeiaktionen zu unterdrücken versuchten.

Alexander mit den blauen Ohren, der keinen Aufsatz schreiben kann

Alexander ist so groß wie des kleinen Jungen rechtes Bein. Auch wie sein linkes. Der kleine Junge hat es genau nachgemessen.

Alexander hat etwas schräg stehende Augen und eine dicke Nase. Außerdem hat Alexander blaue Ohren. Darum ist er auch ein Junge und heißt Alexander.

Wenn man es genau nimmt, so passt Alexander gar nicht so recht in die Familie des kleinen Jungen, denn sämtliche Familienmitglieder sind aus dem Teddy-Alter heraus. Auch der kleine Junge, der mit seinen beinahe neun Jahren eine ganze Menge dummes Zeug im Kopfe hat, aber keinen Teddy. Bis vorgestern nicht.

Vorgestern gewann er den Teddy Alexander an einer Losbude auf dem Freimarkt. Er schleppte das Monstrum durch die Stadt nach Hause mit einem Gesicht, als trüge er einen Goldklumpen bei sich.

Alexander wurde feierlich in den Familienverband aufgenommen. Er musste mit am Abendbrottisch sitzen. Er musste mit ins Bett, und er fiel natürlich, der Töffel, während der Nacht aus dem Bett und lag stundenlang ohne Decke auf dem unbequemen Fußboden.

Alexander saß morgens mit am Frühstückstisch, und selbstverständlich sollte er auch mit in die Schule gehen.

»Du kannst doch nicht mit dem Teddy auf dem Arm in die Schule gehen.«

»Doch«, behauptete der kleine Junge, der ja nun so klein auch wieder nicht war. Und er fügte hinzu, er könne das sehr gut.

»In deinem Alter!«

»Wer lacht, der kriegt welche!«

»Was aber soll, um Himmels willen, dieser Alexander in der Schule? Der ist doch strohdumm und lernt bestimmt nichts dazu.«

Aber davon war der kleine Junge gar nicht überzeugt. Es könne doch nicht angehen, überlegte er; dass ein Alexander doof sei, den er auf dem Freimarkt gewonnen habe – und der obendrein ein Hauptgewinn gewesen sei.

»Also gut«, meinte der Vater. »Machen wir die Probe aufs Exempel.« Und er wandte sich an Alexander und bat ihn, einen Aufsatz zu schreiben über das Thema: Was ich auf dem Freimarkt erlebte. Und er wandte sich an seinen Sohn und sagte: »Nun wirst du sehen, wie doof er ist.«

Es ist, um es gleich zu sagen, absolut nichts dabei herausgekommen. Alexander hat versagt. Aber draußen in der Küche berichtete der kleine Junge seiner Mutter mit leiser Stimme: »Du, der Alte spinnt jetzt aber. Der will, dass Alexander einen Aufsatz schreibt.«

Und nach diesen Worts schnappte er sich Alexander und ging mit ihm in die Schule.

Hau den Lukas

Es ist nicht jedem Vater gegeben, selbstsicher und mit ruhiger Gelassenheit in Begleitung einer aus zum Teil kleineren Jungen bestehenden Familie an einem »Hau den Lukas« vorüberzugehen.

Sicherlich gibt es Väter, die nur darauf warten, von der Familie aufgefordert zu werden, ihre Kräfte mit dem Lukas zu messen. Es gibt aber auch Väter, die allen Grund haben, einem solchen Ungeheuer aus dem Wege zu gehen.

Und solche Väter trifft es dann.

»Hau mal den Lukas!« sagt der Sohn, und zerrt den Vater vom Türkischen Honig weg.

»Was fällt dir ein? Warum soll ich den Lukas hauen?«

»Ich will sehen, wie stark du bist«, lautet die dumme Antwort. »Alle anderen Väter hauen in jedem Jahr den Lukas, du nie.«

»Dummes Zeug! .Was gehen mich andere Väter an. Ich bin kein Schläger. Außerdem ist der Lukas ein ausgesprochen geistloses Freimarktsvergnügen. Wir sollten uns lieber über Karl den Großen unterhalten, und ich will dir auch verraten, wann Karl der Große zum Kaiser gekrönt worden ist.«

»Hat Karl der Große den Lukas gehauen?«

»Karl der Große hat allenfalls sächsischen Helden die Köpfe abgehauen«, sagte der Vater, und seine Frau meint, das sei nun wirklich kein Thema für den Jungen, schon gar nicht auf dem Freimarkt. Und er möge sich nicht länger zieren und endlich den Lukas hauen.

»Nun gut«, lenkt der Vater ein und gibt sich beleidigt. »Wenn ich mich unbedingt verletzten soll...« Und er wendet sich dem Hau-den-Lukas-Mann zu, stierte ihn durchdringend an und ruft: »Sie haben doch jetzt Feierabend, nicht wahr?«

Nein, sagt dieser Unmensch, er habe keinen Feierabend. Im Gegenteil, er warte auf starke Männer, und einer scheine soeben gekommen zu sein.

»Wo«, fragt der Vater und blickt in die Runde, und er merkt, dass er wohl selbst gemeint ist. Und ehe er sich recht versieht, drückt ihm der Lukas-Mann einen gewaltigen Hammer in die Hand - einen Hammer, mit dem man Ochsen töten könnte.

Und während er noch das schreckliche Ding in Händen hält und denkt, dass er doch gar nicht auf den Freimarkt gegangen sei, um Ochsen zu töten, hat seine liebe Frau bereits eine höhere Anzahlung auf mehrere Dutzend Schläge geleistet, und so bleibt ihm denn keine andere Wahl - er muss hauen.

Nach dem zwölften Schlag sagt der Hau-den Lukas-Mann, solche Kunden habe er gern, da werde seine Prügelpuppe oben nicht so abgenutzt. Die Familie aber hat sich längst verkrümelt und schaut aus sicherer Entfernung nur noch gelegentlich dorthin, wo sich der Vater plagt. Und schämt sich seiner sehr.

Es gibt Situationen im Leben, in denen ein Vater sehr einsam sein kann.

Wertvolle Gewinne

Karussells liegen bei den Fehrensens nicht in der Familie. Urgroßvater Fehrensen besaß eine Schießbude, die Großeltern auch. Vater Fehrensen stellte den Betrieb auf Ringwerfen um. Das war zu einer Zeit, als Schießen nicht mehr gefragt war. Karl-Heinz Fehrensen übernahm das Unternehmen im Jahre 1960. Er setzte aufs Glückspiel und verkaufte Lose.

Und diese Losbude sollte nach den Vorstellungen von Karl-Heinz Fehrensen und seiner Frau etwas Besonderes sein. Bei ihnen sollten die Leute keinen »Schiet« gewinnen, sondern richtig wertvolle Sachen. Und sie kauften entsprechend ein. Nachher aber wollte keiner von den Freimarktbesuchern die Lose von Fehrensen haben, aus Angst, er könne gewinnen.

Also entschlossen sich Fehrensens, künftig auch die riesengroßen Teddybären, die krummbeinigen Hunde und die fast lebensgroßen Elefanten in ihr Programm aufzunehmen, und sie kauften darüber hinaus »ganz viel Kitsch« ein.

Da wurden ihnen die Lose aus der Hand gerissen.

Renade, sach ma ehrlich, was finst eintlich an'n Freimaak so gut …

Hey, gehst mit na'm Freimaak?

Mensch, was'n das für 'ne doofe Frage? Denkst, ich bin blöd? Klar geh' ich mit.

Und warum, nu mal ehrlich, warum geh'n die Leute na'm Freimarkt - heutzutage?

Was'n das schon, so'n Rummelplatz mit Bonbon-Buden, mit Schmalzkuchen, Eis und Fischbrötchen, mit Losverkäufern und dem Riesenrad?

Frach doch mal, warum die Leute immer noch ganz verrückt auf'n Freimaak sind.

Frach doch mal Renade und Heinz und Jan, ja, den auch.

Warum geh'n die alle hin?

Renade sacht, weil sie sich immer im Bierzelt mit allen möglichen Leuten trifft, auch mit Leuten, die sie gar nich kennt. Das Bierzelt, sacht Renade, sei der einzige Platz auf der ganzen Welt, wo sie - einmal im Jahr - auf'm Tisch tanzt, Bier in der einen Hand, Bratwurst in der annern, und wenn sie grad'n Mund leer hat, singt sie: In München steht ein Hofbräuhaus oder In Bremen, da muss man gewesen sein, am Morgen, am Abend, bei Nacht ...

Sind doch schöne Lieder, sacht Renade. Aber wann kommt sie schon mal dazu, die zu singen? Und zwischendurch erzählt sie sich was mit ihren Nachbarn am Tisch, lauter schöne Sachen. Was, das weiß sie auch nich, weil man sein eigenes Wort nich versteh'n kann.

Heinzi sacht, Freimaak, da gehst rüber und isst alles durchn'anner, was er sonst ja nich darf, weil Renade sacht: Heinzi, pass auf, du wirst zu dick. Heinzi sacht, Freimaak, das is mit'n annern beim Fischbrötchen in'n Schnack kommen. Hast nie geseh'n den Kerl, und mit einmal steht man zusammen anner Fischbude und isst'n Fischbrötchen, beide 'ne Schillerlocke auf'm Brötchen, das verbindet. Und dann kommst dahinter: Mönsch, wir ha'm jahrelang in einundderselben Straße gewohnt. Und hier lernt man sich 'nu kennen. Siehstu, sacht Heinzi, das ist für mich Freimaak. Und natürlich das Bierzelt, weil Renade da auch hingeht, und weil er sich immer so freute, wenn Renade auf'm Tisch tanzt.

Und nun kommt Jan. Der sacht, nee, ins Bierzelt geh' ich nich. Ich trink doch kein Bier, ich trink Cola, und da hab' ich immer 'ne Dose von bei mir, und dann geh' ich na'm Top-in. Weißt, was das is? Autoscooter. Oberaffengeile Musik, sach ich dir, und immer was los. Stehst da und kuckst, schon hast Blickkontakt mit'm Mädchen, kuckst noch mal – schon sitzt mit der im Autoscooter, schön eng zusammen, sach ich dir.

Freimaak in den achtziger Jahren des 20. Jahrhunnerts – das is'n riesiger Treffpunkt. Da geht's ga nich so sehr um Looping-Achterbahn und Enterprise und all den computergesteuerten Kram, immer schneller, immer wilder, immer verrückter. Darum geht's gar nich, echt! Es geht erst mal um Kommunikation.

Irgendwas machen. Warum is denn das Bierzelt jeden Abend rappelvoll? Doch nich, weil das Bier so teuer ist. Nee, weil du Leute triffst, weil du was machen kannst, auf'm Tisch tanzen und so. Und die Riesenrutsche - warum läuft die denn so super? Weil man da auch was machen kann. Kannst mit annern zusamm' runner rutschen. Und dann setzt' dich in'n Autoscooter - Mann, im Grunde sind das ja lahme Dinger, reißt doch normal keinen mit vom Hocker. Aber da kannst annere mit anbumsen. Und auch das is Kommunikation.

Sensation hab' ich die ganze Woche über genuch: Mit'm Scheff, zu Hause, aufe Straße und abends vor der Kiste. Da hast doch allen Gruselkram, den du brauchst.

Aber mit Menschen reden und so, das hast auf'm Freimaak. Aber sach nu nich, da wär ja wohl Looping-Achterbahn und Enterprise und Fliegender Teppich und so überflüssig. Ohne Achterbahn kein Bierzelt, ohne Sensationen und Gekreisch, ohne Losbuden und Enterprise, ohne Geisterbahn und Kasperbude - kein Freimaak.

So, und nu geb' ich ein aus, denn - echt, ohne Essen und Trinken kann ich mir Freimaak überhaupt nich vorstellen.

1000 Jahre Bremer Freimarkt: Gedenk' ich dein in stiller Wehmut ...

Der Leierkastenmann ist ein Roboter. Er heißt Dr. Dudel. Und wer an ihm vorübergeht, bekommt sechzigmal in der Sekunde ins Ohr gewispert: »50 Cent für den armen Dr. Dudel, 50 Cent für den armen Dr. Dudel.« Der Leierkastenmann macht ein gutes Geschäft, zumal auch jeder seine Freude an dem kleinen Affen auf dem Leierkasten hat. Der Affe heißt Dr. Fips. Er ist ein Roboter.

An der Wurstbude von Onkel Doktor Fidi gibt es keine Wurstverkäufer mehr. Die Würste werden von Robotern gebraten und über den Tresen gereicht. Roboter stellen auch das Eis her und die gebrannten Mandeln. Würste, Eis, gebrannte Mandeln schmecken im Übrigen überall gleich, ein bisschen nach Blech. Aber es schmeckt ja alles ein bisschen nach Blech. Zeichen der Zeit. Wir schreiben das Jahr 2035.

Auf der Erde ist es etwas stiller geworden, nachdem sich die Amerikaner einen eigenen Kontinent im Weltall geschaffen haben und damit beschäftigt sind, dort Weizenfelder anzulegen und die Kaninchen auszurotten, die sich in unvorstellbarem Maße vermehrt haben. Einer der ersten Weltraumpioniere hatte ein trächtiges Weibchen mit nach oben genommen, weil er es auf der Erde nirgends in Pflege hatte geben können.

Inzwischen erledigen Roboter das Geschäft der Amerikaner auf der Erde. Der Präsidenten-Roboter hatte erst kürzlich eine Rede vor dem Kongress gehalten und auf die Notwendigkeit amerikanischer Stützpunkte außerhalb des Weltalls hingewiesen.

Der Zauberer in »Dr. Schneiders Raritäten-Kabinett« ist auch ein Roboter. Er heißt Professor Dr. Kranussen, und es scheint, bei ihm ist eine Schraube locker: Seine Zauberformel stimmt jedenfalls hinten und vorn nicht mehr. Mit beschwörender Stimme ruft er: »Subidif Sukopsukoh!« Und auch von einem Geist des Jahres 2035 ist nicht zu erwarten, dass er von rechts nach links lesen kann. Infolgedessen klappt überhaupt nichts, und die Roboter-Kaninchen fallen dem Zauberer alle aus der Hose. Der Zylinder aber bleibt leer.

Ein älterer Herr geht über den Freimarkt und gedenkt in stiller Wehmut jener Tage vor 35 Jahren, da es noch Wilde Mäuse und Fliegende Teppiche gab, da sich manche Leute vor dem Rainbow fürchteten und sich die Gondeln im Moonraker um 360 Grad drehten, wobei man am Schluss den Eindruck hatte, die Gondeln würden ausgeklinkt.

Ach, wie war das doch gemütlich. Denn was jetzt auf dem Freimarkt geschieht, das ist ihm zu wild, zu laut, die Musik vor allem, und die Gondeln des Moonrakers werden seit ein paar Jahren tatsächlich ausgeklinkt, sie fliegen ungefähr bis Hannover und kehren nach dem Bumerang-Prinzip innerhalb von fünf Minuten nach Bremen zurück.

Der alte Herr schüttelt den Kopf. Er schüttelt den Kopf über die Venus-Rakete. Mit der kann man bis zu einer künstlichen Venus fliegen, die in 10 000 Meter Höhe über Bremen angebracht ist. Auf ihr befindet sich eine Coca-Cola-Bude, ein Schmalzkuchenbäcker und ein paar ägyptische Bauchtänzerinnen. Alles Roboter. An einer Schießbude kann man von einem Roboter schießen lassen. Jeder dritte Schuss ist ein Treffer. Dafür gibt es eine Papierblume. Es handelt sich um die Nachbildung einer Rose. Viele Bremer kennen Rosen gar nicht mehr.

Der Bremer Freimarkt 2035 findet nicht auf der Bürgerweide statt, wie früher - er musste verlegt werden, weil die Bürgerweide für ein Kongresszentrum benötigt wurde.

Der Freimarkt hat eine neue Heimat auf dem Universitätsgelände gefunden. Auf diese Weise hat man dort alles schön beisammen, und manch ein junger Doktor ist so im Anschluss an seine akademische Ausbildung gleich zu einem Arbeitsplatz gekommen. Schausteller benötigen Akademiker für die sachgerechte Behandlung von Robotern. Und manch einer der Doktoren hat Karriere gemacht und fährt inzwischen mit einem eigenen Geschäft durchs Land, was aber nichts anderes bedeutet, als dass er gelegentlich die für ihn arbeitenden Roboter ölen muss.

Außerdem ist es erforderlich, die Tageseinnahmen vom Losverkaufs-Roboter an die Buchhaltungs-Roboter weiterzuleiten (ein Blödsinn, dass es dafür noch keinen Roboter gibt!), weil die Roboter vom Finanzamt täglich die Bilanzen prüfen.

Der alte Herr erinnert sich, wie das war, als noch Menschen den Freimarkt bevölkerten. Als der Luftballonverkäufer ein richtiger Mensch war, als die Kasperpuppen menschliche Gesichter hatten und menschliche Stimmen, als man im Time-Tunnel mit seinem Gleichgewicht nicht zurecht kam, als dem Roland noch ein Lebkuchenherz umgehängt wurde. Das war nun alles schon lange her.

Damals gingen die Bremer auch noch selbst zum Freimarkt. Heute schicken sie ihre Roboter, und fast jeder Roboter ruft immerzu: »Ischa Freimaak!« Die Roboter kaufen von den Robotern Schmalzkuchen und Bratwürste, Zuckerstangen und Türkischen Honig, Moppen, Lebkuchen und Eis. Und damit gehen sie nach Hause, nachdem sie sich zuvor vom Moonraker haben nach Hannover schießen lassen, damit all die kulinarischen Köstlichkeiten gut miteinander vermischt werden, wie es sich zum Freimarkt gehört.

Der alte Herr geht in einen Wagen, der etwas abseits steht. Es ist der Toilettenwagen. »Na«, sagt der alte Herr, » wie geht das Geschäft.« Es geht ganz schlecht, und der alte Herr ärgert sich. Er hat sich für diesen Wagen extra Roboter angeschafft. Die Roboter öffnen die Türen, reinigen den Fußboden und lassen keinen Toilettenbenutzer raus, ehe er sich nicht die Hände gewaschen hat. Und nun kommt keiner mehr. Roboter müssen nicht.

Und wieder beschleicht den alten Herrn leise Wehmut, wenn er an den Freimarkt von früher denkt. Da gab es noch – gleich gegenüber von seinem Toilettenwagen – die großen Bierzelte ...

Hermann Gutmann in der EDITION TEMMEN:

Felix und die alltäglichen Dinge
ISBN 3-86108-150-4 9.90 €

Mit vollem Munde spricht man nicht
ISBN 3-86108-151-2 8.90 €

Ehe-Geschichten
ISBN 3-86108-152-0 7.90 €

Hat's geschmeckt
ISBN 3-86108-153-9 8.90 €

Roland mit de spitzen Knee
ISBN 3-86108-154-7 8.90 €

Opa-Pflichten
ISBN 3-86108-155-5 8.90 €

Bremer Bräuche
ISBN 3-86108-156-3 7.90 €

Bremerhavener Geschichte(n)
ISBN 3-86108-157-1 7.90 €

Bremer Geschichte(n)
ISBN 3-86108-158-8 8.90 €

Geschichten aus dem Radio
ISBN 3-86108-159-8 9.90 €

Pass auf, daß du dich nicht bekleckerst
ISBN 3-86108-160-1 8.90 €

Geschichten aus dem Schnoor
ISBN 3-86108-161-X 8.90 €

Sagen und Geschichten aus Bremen
ISBN 3-86108-163-6 8.90 €

Sagen und Geschichten aus Bremen-Nord
ISBN 3-86108-164-4 8.90 €

Schmunzelgeschichten
ISBN 3-86108-165-2 8.90 €

Bremerhavener Erinnerungen
ISBN 3-86108-166-0 8.90 €

Weitere Titel in Vorbereitung!

Demnächst neu:

Hörbuch:
Die besten Geschichten von Hermann Gutmann
ISBN 3-86108-162-8

Neue Felixgeschichten
ISBN 3-86108-167-9

Weihnachtsgeschichten
ISBN 3-86108-168-7

Worpsweder Geschichte(n)
ISBN 3-86108-169-5

Quellenverzeichnis

Geholfen haben mir Frau Breitenfeldt und Herr Olk vom Staatsarchiv, der Marktmeister Wolfgang Ahrens, den ich Anfang Mai mitten in seinen Vorbereitungen für den Freimarkt 1985 störte, Heinz Stöver vom Niederdeutschen Theater und Karl-Heinz Fehrensen und seine Frau, bei denen ich stundenlang rumgesessen und geschnackt habe. Fehrensens haben den »Glücks-Prinz«.

Und wenn ich nachschlagen musste, dann standen mir zur Verfügung:

Döscher, Lüder: Plaudereien über den Freimarkt in Programmheften des Niederdeutschen Theaters

Helmers, Heinrich: Bremen – Land und Leute

Kloos, Werner: Bremer Lexikon, Verlag H. M. Hauschild, Bremen 1980

Meyer, Hanns: Gastliches Bremen, Verlag H. M. Hauschild, Bremen 1959

Meyer, Hanns: Im guten Ratskeller zu Bremen, Verlag H. M. Hausschild, Bremen 1962

Peters, Fritz, Freimarkt in Bremen, Carl Schünemann Verlag, Bremen 1962

Tardel, Hermann: Bremen im Sprichwort, Bremische Weihnachtsblätter 1929

Ich danke Dir für die schönen Stunden; in denen ich das Glück gefunden... Lebkuchenherz, 1985